KB042799

암군커환

猶在歸邊

암군귀환

초판 1쇄 인쇄일 2016년 9월 27일 ㅣ **초판 1쇄 발행일** 2016년 9월 30일

지은이 용우 ㅣ **펴낸이** 곽동현 ㅣ **담당편집 팀장** 이범수
편집부 신연제 이윤아 홍현주 김유진 임지혜

펴낸곳 (주)조은세상 ㅣ **출판등록** 제 2002-23호
주소 경기도 연천군 미산면 청정로 1355
TEL 편집부 02)587-2966 ㅣ FAX 02)587-2922
e-mail bukdu@comics21c.co.kr

ⓒ용우 2016
ISBN 979-11-5832-659-3 ㅣ ISBN 979-11-5832-658-6(set) ㅣ 값 8,000원

AN ORIENTAL FANTASY STORY

암군귀환

暗君歸還

1

북두
(주)조은세상

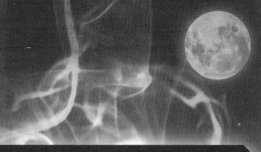

CONTENTS

NEO ORIENTAL FANTASY STORY

序

序

울컥, 울컥.

갈라진 가슴 사이로 요동치는 심장.

그 심장에서 끊임없이 흐르는 피.

자신의 심장이 뛰는 모습을 본 다는 것은 결코 유쾌하지 않은 일이다.

죽음의 신호니까.

"흐… 개 같은 인생이었다. 나 자신이 아닌, 타인의 의지로 사는 삶은. 그래, 넌 좋았냐? 타인의 삶을 조종하는 삶은?"

사내의 시선이 한곳을 향한다.

검을 치켜든 채 사내의 곁에 선 또 다른 사내.

하지만… 달려있어야 머리가 존재치 않았다.

깨끗하게 굴러 떨어진 머리는 사내의 바로 곁에 있었다.

부릅뜬 눈으로.

묘하게도 닮은 얼굴들.

"큭큭… 빌어먹을. 시간이… 더 있으면… 저 놈들 목도 따버리는 건데…."

저 멀리서 무수히 다가오는 인기척을 느끼며 사내는 천천히 눈을 감았다.

고동치던 심장이 조용해진다.

암영(暗影)의 주인.

암군(暗君)의 최후였다.

暗夜妄語

1 章

1 章

끼릭, 끼익-.

벽에 매달린 채 길게 늘어진 육신.

온 몸을 빼곡하게 채우는 상처와 검붉은 문신들.

살아있는 것이 신기할 정도로 악독한 상처들로 몸을 가득 채우고 있는 사내가 돌연 웃었다.

"킥… 킥킥… 이게, 이게 꿈이라면… 다 죽인다."

카라랑, 카락.

온 몸을 떨며 웃은 덕분에 몸을 묶은 쇠사슬이 요란하게 흔들리며 기묘한 소리를 낸다.

동시 머리를 꿰뚫을 것 같은 고통도.

"흐… 흐흐, 돌아왔다."

암군(暗君) 장양휘.

그가 시간을 거슬렀다.

장양휘가 정신을 차린 것은 벌써 이틀 전의 일이었다.

그럼에도 별 다른 행동이 없었던 것은, 이 상황이 현실인지 알 수 없었기 때문이다.

하지만 이틀의 시간이 지나고 나서야 그는 깨달았다.

시간을 거슬러 왔음을.

'어떻게 된 건지는 모르겠지만 흐… 기회인가?'

살기로 번들거리는 장양휘의 두 눈.

대체 어떻게 시간을 거스른 것인지는 그도 알 수 없었다. 하지만 분명 한 것은 이로 인해 자신에게 기회가 생겼다는 것이다.

자신을 그따위로 만들었던 놈들의 목을 베어버릴 기회가.

'아까 놈들의 말과 내 몸 상태를 보면… 마지막 단계인가?'

자신의 몸에 문신을 새긴 뒤 사라졌던 사내들의 말을 다시 떠올린 장양휘는 의외로 자신에게 주어진 기회가 더 빠르게. 그리고 가까이 다가왔음을 알 수 있었다.

'팔려오고… 정확히 십년. 그 쯤 지났을 테니 놈들이 내 몸에 펼쳤던 혈마제령공(血魔制令功)도 이젠 완성단계. 남은 것은 내 혼백(魂魄)을 제압해 꼭두각시로 만드는 일뿐이

겠지.'

새록새록 떠오르는 과거의 기억들.

자신의 몸에 펼쳐진 혈마제령공은 무림에 드러나지 않은 악독한 무공으로, 정확히는 강제로 살아있는 사람의 몸에 무공을 각인시키고 자신의 뜻대로 움직이는 꼭두각시를 만드는 것이었다.

휘가 판단하기로 자신은 생강시(生殭屍)였다.

혈마제령공을 완성시키기 위해선 수백에 이르는 동정동녀의 피를 필요로 할 뿐만 아니라, 각종 영약들까지.

그 어떤 무림문파라 하더라도 쉽게 생각할 수 없는 것들이 무수히 투입된다.

과정에서 어마어마한 고통을 수반하게 되는데, 장양휘는 운이 좋았다.

고통스런 과정을 뛰어넘어 마지막 단계만 남은 상태에서 시간을 거슬러 돌아올 수 있었으니까.

"흐… 흐흐흐."

어두운 동굴에 울려 퍼지는 그의 웃음소리.

'내가 완성직전이라면 다른 녀석들은 이미 완성되어 날 기다리고 있겠군. 흐… 흐흐흐.'

혈마제령공에 드는 비용은 어마어마한 것이라 자신을 제외하면 누구에게도 펼쳐지지 않았다는 것을 장양휘는 알고 있었다.

암영(暗影)이라 불릴 집단을 이끌기 위해 선택 된 것이 자신이고, 그 특별함을 위해 혈마제령공을 펼친 것이다.

그렇게 탄생 한 것이 바로… 암군(暗君)이었다.

'전생에선 그냥 당했지만 이번엔 아니지… 천부경(天符經)이 내게 있으니까.'

히쭉.

그의 입 꼬리가 절로 들린다.

전생에서 놈들의 꼭두각시로 살던 자신이 정신을 차릴 수 있었던 것도 바로 천부경 덕분이었다.

자신과 싸웠던 정체를 알 수 없던 자에게 끊임없이 되새겨 들었던 천부경.

그 문구 자체가 항마의 성질을 지니며, 정신과 관련한 무공엔 천적이라 불러도 좋을 그것을 알고 있다는 것.

그것 하나만으로 이미 상황은 끝났다고 봐야 했다.

남은 것은.

'때를 기다리는 것뿐.'

"키득… 큭큭. 큭큭큭."

낮은 웃음소리가 연신 울린다.

❖

"죽여라, 모두."

그 명령에 작지 않은 문파의 모두를 죽였다.

강아지 한 마리 남기지 않고.

"뛰어들어."

그 명령에 난전이 펼쳐지고 있는 전투현장에 거침없이 뛰어들었다. 앞을 막는 자는 모조리 죽인다.

오직 명령에만 반응하고 움직이는 존재.

그것이 자신이었다.

정신은 또렷해서 하지 말라 소리치지만, 육체는 명령 받은 대로 이행한다.

자신의 몸임에도 마음대로 할 수 없다.

절대적 구속.

그게 싫었다.

자신의 의지로 하늘을 보고 싶고, 가슴이 터져라 달려보고 싶었다.

살아있다는 감각을 느끼고 싶었다.

목석처럼 무미건조한 느낌이 더럽게… 싫었다.

그날도 그랬다.

'놔! 놓으라고! 걔가 무슨 죄야! 이 개새끼야! 내가 주인이야! 이 몸의 주인은 나라고! 나!'

목이 터져라 외쳤지만 몸은 명령에 따라 죽였다.

이제 갓 검을 쥐어본 것 같은 아이를.

단지 휘의 상관에게 잘못 보였단 이유 하나로.

'으아아아아!'

터져라 소리질러보지만 밖으로 흘러나가는 것은 없었다.

조금도.

끼익, 끽.

여전히 허공에 매달린 채 눈을 뜬다.

"기분 더럽게."

꿈을 꿨다.

더럽디, 더러운 꿈을.

전생에서 목이 터져라 외치고, 또 외쳤었던 그날의 기억을 다시 되살렸다.

으득!

이를 악문다.

어찌나 세게 악문 것인지 입가로 피가 흐른다.

"이번엔 니들 마음대로 안 될 거다."

반짝이는 두 눈 안에서 타오르는 감정의 회오리.

"이깟 쇠사슬."

철컹!

촤르륵.

몸을 움직이자 온 몸을 구속하고 있는 쇠사슬들이 요란한 소리를 내며 출렁인다.

지금 가지고 있는 힘만으로도 얼마든지 박살내고 이곳을 벗어날 수 있을 것이지만, 휘는 참고 또 참았다.

"힘이 있어야해. 놈들을 철저히 박살내 주기 위해선."

이를 악물고 참았다.

놈들을 완벽하게 쳐내기 위해선 휘 자신이 힘을 가져야 했고, 그 힘은 이곳에 있는 것만으로도 얻을 수 있을 터였다.

아니, 사실상 완성 단계였다.

'탈출은 모든 것의 준비가 끝난 뒤.'

마음을 다잡은 휘는 눈을 감았다.

시간이 빨리 가길 바라며.

기다리던 날은 금세 왔다.

철컹!

빛을 막던 쇠문이 열리고 일단의 무인들이 들어온다.

무표정한 얼굴로 벽에 매달린 장양휘를 끌어내리더니 두 사람이 팔 하나씩을 끼고 옮기기 시작했다.

만약을 위해 앞뒤로 검을 든 무인들이 만반의 준비까지 마친다.

"마지막 단계라 발작을 일으킬 위험은 없지만 조심해서 나쁠 것은 없다. 방심하지 마라."

"옛!"

대장으로 보이는 자의 말에 일제히 고개를 숙이는 무인들.

'드디어 시작인가.'

놈들의 손에 힘없이 이끌려가며 휘는 조심스레 뜬 눈을 굴려 주변을 둘러본다.

아무렇게나 자란 머리카락 덕분에 눈을 떴다는 것을 들키진 않았다.

'달라진 게 없군.'

지하에 굴을 파고 만든 곳이라 빛은 들어오지 않지만 곳곳을 밝히는 횃불 덕분에 주변을 살피는데 부족함이 없었다.

덕분에 예전과 조금도 달라지지 않았음을 다시 한 번 확인 할 수 있었다.

'좋아. 나쁘지 않아.'

복잡한 동굴을 이리저리 움직이길 한 참.

마침내 최종 목적지에 도착한다.

핏빛을 뿌리는 사이한 기운의 철문이 열리고, 그 안에는 십여 명의 사람들이 환하게 불을 밝힌 채 기다리고 있었다.

무인이라기 보단 도사에 가까운 복장과 행색들.

특이한 것이 있다면 하나 같이 검붉은 도복을 입었다는 것이다.

'혈전진(血全眞)의 도사놈들이로군. 그러고 보니 저놈들이 있었지. 흐흐흐….'

철컹! 철컹!

쇠사슬에 묶여 방의 한 가운데 허공으로 떠오르는 장양휘의 몸.

밝은 곳에서 보인 그의 몸은 상처와 문신으로 가득하지

만 균형 잡힌 신체를 지니고 있었다.

혈마제령공에 의해 만들어진 최강의 육체.

"완벽하군."

"이제 마지막 단계만 완성되면 대업을 이루는데 최강의
무기가 되어 줄 것입니다."

휘의 몸을 보며 만족스러운 듯 고개를 끄덕이는 혈전진
의 도사들을 보며 휘는 속으로 웃었다.

'망한 놈들의 발악이지. 결국 여기서도 버림받을 놈
들.'

무너진 혈전진을 일으키기 위해 이들에게 도움을 주고
있는 그들이지만, 자신이 완성되고 나면 곧 제거될 것이란
사실을 장양휘는 아주 잘 알고 있었다.

전생에서 자신의 손으로 죽였었으니까.

"시작해보지."

한 사람을 시작으로 빠르게 장양휘를 중심으로 원을 그
리고 선 혈전진의 도사들이 도저히 알아들을 수 없는 말을
중얼거리기 시작한다.

촤악- 촤악!

몇몇은 그들의 주변을 돌며 붉은 피를 주변에 뿌렸다.

서서히 피어오르는 붉은 기운.

몸을 죄어오는 사이한 기운에 휘는 천부경을 외우기 시
작했다.

'이전엔 졌지만, 이번엔 아니다.'

끊임없이 몸 안으로 침투하는 기운에 맞서 천부경을 외우기 시작하자 머리 깊은 곳에서부터 꿈틀대기 시작한 기운이 서서히 움직인다.

치열하게 대립하는 두 기운.

"끄으…!"

자신도 모르게 절로 쏟아져 나오는 신음.

하지만 지켜보고 있던 자들은 그 신음이 신호라도 되는 듯 더욱 빠르게, 강하게 주문을 외운다.

'미… 치겠네!'

온 몸이 타들어가는 고통은 별의 별 경험을 다 해본 장양휘라 할지라도 쉽게 버티기 어려울 정도였다.

조금만 실수해도 정신을 잃어버릴 것 같지만, 휘는 이를 악물었다.

'여기서… 버티지 못하면 또 같은 실수의 반복일 뿐! 버텨, 버텨라! 버텨라아아!'

으드득!

이가 부러져라 악다문 휘의 얼굴이 크게 일그러진다.

"피를… 피를 더 뿌려라!"

누군가의 외침에 기다렸다는 듯 더 많은 양의 피를 뿌리기 시작하고, 얼마 지나지 않아 방 전체가 붉은 혈무에 휩싸인다.

'흐…!'

웃었다.

'흐… 흐하하하! 크하하하!'

마음 놓고 목이 터져라 웃고 싶지만 그럴 수 없기에 속으로라도 웃었다.

'내가… 이겼다!'

마침내 이겨낸 것이다.

혈전진의 도사들이 펼치던 혈마제령공의 마지막 단계를.

이로서 장양휘는 이전의 삶과 달리 놈들의 꼭두각시로 살지 않아도 되었다.

아니, 당장에라도 놈들의 목을 따버려도 무관했다.

우웅— 웅.

몸 전체에 충만한 기운이 그 끝을 알 수 없을 만큼 솟아오르고 있었다.

놈들에겐 혈마제령공이 실패한 것이지만, 장양휘 본인에게 있어선 성공 그 자체였다.

혈마제령공의 위력을 고스란히 몸으로 발휘할 수 있으면서도 놈들의 뜻을 따를 필요가 전혀 없으니까.

오직 자신의 생각대로 뜻대로 움직이는 것.

그것이야 말로 장양휘가 가장 바라던 것이다.

지쳐 쓰러진 도사들을 뒤로 하고 뒤편에서 지켜만 보고

있던 사내가 앞으로 나섰다.

"완성된 것이오?"

"후우… 그렇소. 뜻대로 움직일 것이오."

"흠… 뒤로 돌아라."

철컹-

사내의 말이 떨어지기 무섭게 장양휘는 뒤로 몸을 돌렸다. 그리고 이어진 몇 가지 실험에서 만족스럽게 움직이자 사내는 고개를 끄덕이며 손짓했고.

터텅! 텅!

장양휘의 몸을 묶고 있던 쇠사슬을 풀었다.

"약속을 이행했으니, 그쪽도 잘 이행해 줄 것이라 믿겠소."

도사의 말에 사내는 비릿한 미소를 지으며 고개를 끄덕인다.

"약속은 중요한 것이니까. 그 전에… 위력을 한 번 봤으면 좋겠군."

"무슨…?"

"죽여. 도사들 전부!"

"뭐…!"

콰드득!

섬뜩한 소리와 함께 심장을 꿰뚫는 장양휘의 손!

피를 뿜으며 뛰는 심장의 선혈.

푸확!

힘을 주자 터져나가는 심장.

그와 함께 장양휘가 움직이기 시작했다.

"크아아악!"

"아악!"

비명소리가 울리고.

눈 깜짝할 사이 순식간에 도사들의 심장을 박살내버린 그 깔끔한 실력에 사내는 만족스러운 듯 웃었다.

"크하하하! 드디어 밖으로 나갈 때가…!"

콰직!

"…어?"

귀에 울리는 익숙한 소리와 함께 퍼지는 고통.

장양휘의 손이 자신의 가슴을 꿰뚫고 있었다.

멍하니 자신을 바라보는 놈을 향해 휘는 웃었다.

더없이 밝은 얼굴로.

"뒈져."

콰드득!

뽑혀 나오는 심장과 함께 기울어지는 사내의 몸.

"뭐, 뭐…!"

"막아!"

갑작스런 사태에 놀라 당황하는 놈들을 보며 휘는 웃으며 천천히 몸을 움직인다.

이 방의 누구도.

살려 보낼 생각이 없었다.

철퍽!

마지막 한 사람을 끝으로 방 안에 서 있는 것은 장양휘 뿐.

그렇지 않아도 붉던 방은 이젠 눈이 아플 정도로 빨개져 있었다.

"이제 시작인가?"

어렵지 않게 놈들을 해치운 휘의 시선이 꽉 닫힌 철문을 향한다.

두근두근-.

강하게 뛰는 심장과 함께 온 몸에 전달되는 막대한 힘은 이성을 잃어버리게 만들 정도로 강력한 것이었지만, 휘에 겐 해당되지 않는 이야기였다.

전생의 경험이 있는데다, 정신을 올바르게 유지시켜 줄 천부경까지 있다.

여기에 원하든 원하지 않았든 혈마제령공은 완벽하게 몸에 녹아들어 괴물이라 불러도 좋을 육체적 능력을 손에 넣었다.

인간의 굴레를 벗어난.

완벽한 몸을 손에 넣은 것이다.

"여기서 살려둬야 하는 놈들이 있던가?"

문을 나서기 전 머리를 굴려본다.

하지만 결론은 간단했다.

"살려둬야 하는 놈들이 있을 리 만무하지."

히쭉.

입 꼬리를 올리며 웃는 휘.

끼이익-.

거대한 철문이 열리고.

장양휘의 신형이 어둠에 녹아 사라진다.

콰직!

문 앞을 지키고 있던 사내의 목을 어렵지 않게 꺾어낸 휘가 주변을 둘러본다.

생각했던 대로 통로 전체에 사람이라곤 보이지 않는다.

문 앞을 지키던 자도 형식적으로 자리를 지키고 선 것일 뿐. 성공을 확신하고 있었기에 굳이 이곳을 지키고 서 있을 필요가 없었던 것이다.

게다가 혈전진의 도사들을 없애버릴 계획이었기에, 필요한 인원은 안으로 다 들어갔고 말이다.

쿡쿡.

손바닥을 쥐었다 폈다.

힘이 들어가는 느낌에 휘의 얼굴이 찌푸려진다.

"아직 조절이 안 되는군."

계획대로 힘을 얻은 것은 좋았지만, 아직 힘 조절이 되질 않았다. 몸 깊은 곳에서부터 넘쳐 오르는 힘을 주체 할 수 없을 정도로.

츠츠츠.

"흠."

게다가 몸 전체에 새겨진 문신이 연신 반응을 하며 그 모습을 드러낸 채다.

완벽하게 내공을 제어 할 수 있었다면 벌써 사라졌어야 할 것이 휘의 노력에도 사라지지 않고 있다는 것은, 아직 휘가 제어를 완벽하게 하지 못하고 있다는 증거였다.

"이곳을 정리하면 어느 정도 제어가 되려나?"

우둑, 우둑.

몸을 움직일 때마다 굳은 육체가 비명을 내지르지만, 비명을 내지르는 것치곤 몸이 아주 상쾌했다.

마치 지금 이 순간을 기다렸다는 듯.

얼굴에 선명하게 드러난 문신과 살기로 번들거리는 두 눈.

저벅저벅.

"사냥을 시작해 볼까?"

이것은 전초전이었다.

놈들을 향한 전초전.

스컥.

카캉- 캉!

날카로운 소리와 병장기가 부딪치는 소리만이 가득한 어두운 동굴.

수도 없이 많은 흑의인들이 달려들었지만.

누구하나 장양휘에게 상처 입히는 자는 없었다.

푸화-!

달려드는 흑의인의 목을 날카롭게 베어버린 휘의 신형이 빙글 돌더니 사방을 향해 주먹과 발을 내뻗는다.

틈을 노리고 달려들던 자들이 추풍낙엽처럼 쓰러지고.

그 틈을 놓치지 않고 반대로 휘의 검이 날카롭게 파고든다.

얼마나 많은 이들을 벤 것인지 검 날이 둔탁해져간다 느낄 무렵, 위에서 떨어져 내리는 흑의인을 향해 검을 집어 던지는 휘!

퍼억!

둔탁한 소리와 함께 심장을 꿰뚫린 흑의인을 뒤로 하고 어느 새 바닥에 나뒹구는 검 하나를 발로 차올려 손에 쥔다.

그리고 다시 시작되는 학살!

다수가 달려들었지만 결과는 일방적인 학살.

섬뜩한 것은.

그 과정에서 그 누구도 입을 열지 않고 있다는 것이었다.

공격하는 놈들도.

장양휘도.

그 누구도 말문을 열지 않는다.

그저 주고받는 것은 목숨뿐.

놈들은 끝을 모르고 달려들었고, 장양휘는 끝을 알 수 없는 힘으로 놈들을 막아섰다.

그리고 움직였다.

느리게, 한 걸음씩.

동굴의 가장 깊은 곳을 향해.

그렇게 한참을 걸린 끝에 도착한 동굴의 끝.

아수라상이 음각되어있는 거대한 철문의 앞에 우뚝 선 것은 장양휘였다.

그의 뒤로 수도 없이 쓰러진 흑의인들.

끝내 버티고 버텨, 이 자리에 선 것이다.

어둠속에서 휘는 웃고 또 웃었다.

'그래, 이거야. 내가 살아 있다는 기분. 이것이야 말로 내가 본래 가져야 했던 것이다!'

숨이 턱 끝까지 차올랐지만 지치기보단 오히려 힘이 더 솟아오른다.

살아있다는 감각!

그 이루어 말 할 수 없는 감각이 온 몸을 휘감고 있었다.

전생에서 그토록 원했던 것이었다.

"자… 마무리 해볼까?"

어느 새 가쁘게 움직이던 어깨가 편안해지고 힘들이지 않고 철문을 밀어서 연다.

끼이익-!

둔탁한 소리와 함께 열리는 철문.

삭막하던 이제까지와 달리 그 안은 화려하게 치장되어 있을 뿐만 아니라, 벽 곳곳에 걸린 횃불이 대낮처럼 방을 밝히고 있었다.

철문과 마주보는 곳의 끝에 놓인 화려한 태사의.

그 태사의에 신선이라 불러도 좋을 인상의 노인이 앉아 있었다.

침착한 눈으로 안으로 들어서는 장양휘를 보던 노인이 입을 열었다.

"처음부터 그렇게 반대를 했건만. 결국 이렇게 되는 군."

스르륵.

노인의 말이 끝나기 무섭게 아무것도 없던 허공에서 떨어져 내리며 휘의 사방을 점하며 검을 휘두르는 복면인들.

하지만.

즈컥!

카카칵!

다 알고 있었다는 듯 어렵지 않게 몸을 뒤로 빼며 검을 휘둘러 놈들의 목을 단숨에 분리시킨다.

푸확.

튀어 오르는 피와 쓰러지는 육신.

허망하게 죽임을 맞이하는 수하들을 보면서도 노인의 얼굴엔 표정 변화가 없다.

되려 그것이 당연하다는 얼굴이었다.

"괴물을 만들어 냈으니… 대업에 있어 큰 걸림돌이 생겼구나. 클클클."

"…너희는 실패한다. 내가, 내가 그렇게 만들 거니까."

"단호하군. 클클, 허나 너 정도론 우리의 대업을 막을 순 없다. 걸림돌은 그저 걸림돌일 뿐. 결코 막을 수는 없을 것이야."

"네놈들이 뭔 짓을 해도 상관없어. 하지만 날 건드린 건 실수야. 아주 큰 실수. 죽어서 지켜봐라. 박살 내버릴 테니까."

철퍽, 철퍽.

그 말에 장양휘는 천천히 걸었다.

놈을 향해.

자신을 향해 다가서는 휘를 보면서도 노인은 움직이지 않았다.

혈마제령공을 통해 만들어진 휘가 얼마나 괴물인지는 그 책임자였던 자신이 가장 잘 알고 있었고, 결코 자신으로선 막을 수 없다는 것도 알고 있었다.

그렇기에 움직이지 않았다.

하나마나였으니까.

"괴물은 사람과 섞이지 못한다. 그것이… 너의 패착이 될…."

스킥!

툭, 툭, 데구르르…

말이 끝나기도 전 휘둘러진 휘의 검에 노인의 목이 떨어져 내린다.

분수처럼 치솟는 피를 뒤로 하고 돌아서는 장양휘.

"지랄하고 있네."

차가운 한 마디와 함께 그가 방을 나섰다.

그런 그의 뒤로 하나 둘 모습을 드러내는 인영들이 있었지만, 휘는 개의치 않았다.

그들은 조용히 휘의 뒤를 따른다.

그림자처럼.

君墨邀
暗归

2章

2 章

감숙의 작은 마을.

여우가 자주 나타난다 하여 호연(狐聯)이란 조금은 유치한 이름을 지닌 백여 가구가 살아가는 곳이 있다.

가장 가까우 도시가 합작인데 쉬지 않고 걸어도 일주야는 걸릴 정도로 사람의 인적이 거의 없는 구석진 곳에 있는 마을.

한때 여우 사냥꾼들이 많이 찾았다곤 하지만 그것도 옛일이다. 이제 남은 것이라곤 호연이란 이름 뿐.

후두둑. 툭. 툭.

내리는 비를 맞으며 마을에 모습을 드러내는 사내가 있다.

철퍽, 철퍽!

질척거리는 진흙길을 익숙한 듯 걷는다.

까맣게 불타버린 마을.

무너진 담벼락.

그 하나하나를 눈에 새기려는 듯 천천히 걸으며 바라본다.

한참을 걸은 끝에 마을에서 제법 떨어져 지어진 집 한 채가 그의 앞에 모습을 드러낸다.

새까맣게 타버리고, 완전히 무너진 집은 그 흔적을 제대로 알아보기조차 어려울 정도지만…

그의 눈엔 보였다.

집이 멀쩡했을 때의 모습이.

"돌아… 왔다."

장양휘.

그가 집으로 돌아왔다.

투툭, 툭.

해가 뜨기 시작하자 기다렸다는 듯 비가 멈추기 시작한다.

자신이 살았던 집의 터만 남은 그곳에서 장양휘는 해가 완전히 뜰 때까지 멍하니 서 있었다.

미동도 하지 않던 그때.

"후… 하하하! 하하하하!"

돌연 큰 웃음을 터트리는 그.

배를 잡고 웃으며 한참을 보낸 휘는 천천히 굽었던 허리를 피며 하늘을 보았다.

"흔적을 없애기 위해 마을 전체를 몰살시키다니… 하긴 놈들이 할 만한 짓이지."

흔적으로 보아 아주 오래 전 이렇게 되었음에도 아직까지 사람이 들어와 살지 않는 까닭은 역병이 돌았다는 소문이 때문이었다.

덕분이라고 해야 할 지, 사람의 손길을 피해 지금까지 그 흔적을 남길 수 있었다.

"흔적을 찾는 것부터 시작을 해야 하는 건가?"

마을이 이렇게 되었다는 것은 마을 사람 전부가 죽었다는 뜻과 같지만 장양휘는 자신의 가족들이 살아있을 것이라 생각했다.

아니, 확신했다.

"어디서부터 시작해야 할 까…"

고민하며 그가 천천히 마을을 벗어난다.

호연 마을에서 멀지 않은 숲에 만들어진 폐사당이 있다.

과거엔 이곳에서 제사를 지내곤 했지만 다른 곳으로 옮긴 뒤 이곳은 아이들의 놀이터나 마찬가지였다.

숲속이지만 위험하지 않은 데다, 넓은 공터가 있으니 놀기 좋았던 것이다. 물론 어른들의 꾸지람이 뒤를 따랐지만.

발길이 뚝 끊어진 덕분에 사람 키만큼 커진 수풀이 마당에 그득하다.

저벅저벅-.

수풀을 헤치며 어렵지 않게 폐사당의 문을 연다.

끼익, 끽.

당장이라도 무너질 것 같은 소리가 발걸음을 옮길 때마다 전해지고, 특유의 흔들림은 절로 신경을 곤두서게 하지만 익숙한 듯 거침없이 앞으로 움직였다.

텅 빈 폐사당.

먼지가 수북이 내려앉은 그곳을 조용히 둘러보더니 먼지가 붙는 것도 개의치 않고 자리에 앉았다.

풀썩.

순간 피어오르는 먼지들.

가볍게 손을 휘두르자 삽시간에 가라앉는 먼지.

아이들이 장난삼아 새겨놓은 낙서들이 폐사당 바닥과 벽에 그득하다.

그리운 듯 그것을 만지는 장양휘.

그렇게 얼마나 시간을 보냈을까.

휘가 자리에서 일어서더니 밖으로 향했다.

해가 저물어 어둠이 깔리기 시작한 시간.

휘잉.

불어오는 차가운 바람에 흔들리는 수풀.

"이제 나오지 그래? 지켜보는 것도 지겨울 텐데."

정확히 정면을 보며 말했지만 돌아오는 대답은 없다.

그러자 휘의 시선이 이번엔 왼쪽으로 향한다.

"귀찮게 하지 말고 나와."

여전히 대답이 없다.

"짜증나게."

얼굴을 찡그린 그의 신형이 사라진다.

그와 함께.

쩌억!

굉음과 함께 나무가 부서지며 넘어가고 휘의 주먹을 피한 흑의인이 모습을 드러낸다.

"진즉 대답하지 그랬어."

자신의 위치가 발각되었단 사실에 놀란 놈이 재빨리 몸을 움직이려 했지만, 휘가 먼저였다.

"일단 맞고 시작하자."

쾅!

놈의 얼굴에 무자비 할 정도로 강력한 일격을 쏟아낸다!

콰지직!

뒤로 튕겨나며 부서지는 나무!

최소 수십 년은 자랐을 나무가 너무하게 부서지고, 신음을 흘리며 몸을 일으키는 놈을 향해 휘는 웃어보였다.

"이야기 좀 할까?"

스팟!

날카로운 소리와 함께 눈앞을 스쳐지나가는 검.

이어 날아드는 공격에도 휘는 최소한의 몸놀림으로 모두 피해냈다.

"이야기나 좀 하자니까?"

"……."

"시간 낭비야. 여기 비었다."

툭.

농담기 가득한 말과 함께 왼발을 들어 툭하고 놈의 옆구리를 두드렸다 떨어진다.

벌써 반 시진 가까이 계속되는 일이다.

"후욱, 훅!"

거칠어진 놈의 숨소리를 들으며 장양휘는 웃었다.

어느 새 그의 시선이 놈의 뒤편을 향하고 있었다.

'시간을 끈 보람이 있네. 하나, 둘, 셋… 스물인가?'

은밀히 접근한다고 접근하고 있지만 장양휘의 기감을 피할 순 없었다.

이 정도 숫자라면 이곳을 지키고 있던 놈들이 모두 모였을 터다.

간단하게 쓰러트릴 수 있는 상대를 일부러 이렇게까지 시간을 끌며 붙들어 둔 것은 이런 상황을 만들기 위해서였다.

즈컥—

놈의 검에 옷자락이 잘려나간다.

"이젠 그만할까?"

짧게 말을 내뱉은 그 순간, 휘가 움직였다.

크게 휘두르는 놈의 검을 고갤 숙여 피해내며 앞으로 달려든다. 순간 텅 빈 놈의 복부.

"큭!"

재빨리 무릎을 치켜들며 품으로 파고드는 휘를 막아보려 하지만 미리 알았다는 듯 왼손을 들어 무릎을 저지한 휘는 곧장 주먹을 휘둘렀다.

쩌적!

정확히 놈의 얼굴을 파고드는 휘의 주먹!

"쿠헉!"

비명과 함께 뒤로 쓰러지듯 밀려나는 놈을 뒤로 하고…

지켜보던 놈들이 일제히 장양휘를 향해 달려들었다.

대화 따윈 불필요하다는 듯.

하지만.

그것은 휘 역시 마찬가지였다.

"놀아볼까?"

웃는 장양휘의 두 눈에 살기가 잔뜩 어린다.

휘휙. 휙!

휘를 포위하고 움직이는 놈들.

스컥.

어느 순간 빈틈을 노리고 달려와 검을 휘두르지만 옆으로 반걸음 움직이는 것만으로 공격을 피해내는 휘.

찰나의 순간 텅 빈 휘의 등을 노리고 다시 달려든다.

그걸 다시 피해낸다.

끊임없이 움직이며 사방팔방에서 공격을 쏟아내는 놈들.

수적 우위를 바탕으로 놈들은 쉬지 않고 공격을 펼치지만 정작 그 대상인 휘는 아무런 위험을 느끼지 못하고 있었다.

오히려 놈들이 어떻게 움직일 것인지 알고 있다는 듯 어렵지 않게 공격을 피해낸다.

아니, 확실히 알고 있었다.

'이 합격진도 오랜만이로군.'

눈에 익고 또 익은 합격진이다.

당연했다.

전생에서 수도 없이 사용하는 것을 두 눈으로 지켜보았었으니까.

중원 무림이 파훼법을 만들어 반격을 가하기 전까지는 이 합격진으로 꽤나 재미를 봤었다.

다시 말해⋯ 장양휘는 이미 이 합격진의 파훼법을 알고 있는 것이다.

비록 당시*지켜보는 것 이외엔 자신의 몸을 뜻대로 조금도 움직일 수 없었지만, 똑똑히 기억하고 있었다.

'육행파절진은 인원이 많을수록 그 위력을 발휘하지만, 외부의 공격에 취약하지. 당시 중원 무림도 희생을 각오하고 진을 빠져나간 뒤 외부에서 공격을 했으니까.'

하지만 그것은 그들의 방식일 뿐.

정작 휘에겐 아무런 쓸모가 없는 방식이었다.

굳이 그러지 않아도… 놈들을 제압하는 것엔 아무런 문제가 없으니까.

오랜만에 본 육행파절진이 흥미를 끌었을 뿐.

이젠 그 흥미도 떨어졌으니… 본격적으로 움직여야 했다.

스콱!

목을 노리고 달려들어 검을 크게 휘두르는 흑의인.

그 밑에서 어느 새 뒤를 받치며 달려든 놈이 하체를 노리고 검을 찔러온다.

그 순간.

"해봐."

꽉 쥔 주먹을 강하게 내뻗으며 휘가 내뱉었다.

쩌정!

쩡!

거의 동시 울리는 소리!

하나는 휘의 주먹에 머리가 박살나는 것이고.

또 하나는… 휘의 허벅지를 노리고 찔렀던 검이 튕겨나는 소리였다.

"네놈들론 내 몸에 상처하나 못 입히니까."

휘가 웃으며 검을 찌른 놈의 얼굴을 발로 차버린다.

퍽!

그에 끝나지 않고 휘는 놈들이 연신 움직이고 있는 육행파절진 안으로 몸을 던졌다.

보통이라면 달려드는 즉시 검에 온 몸을 분해 당하겠지만.

카카캉!

깡!

무수히 쏟아진 검 중 어느 하나 휘의 몸을 벨 수 있었던 것은 없었다.

콰직!

휘의 주먹이 놈들을 향해 쏟아진다.

처음부터 휘는 놈들의 움직임을 느끼고 있었다.

마을에 들어서는 순간부터 시작된 놈들의 감시.

오랜 시간이 흘렀음에도 불구하고 놈들은 마을에서 눈을 때지 않았던 것이다.

작은 변수조차 차단하기 위해.

그 시선을 눈치 채는 순간부터 휘의 머릿속엔 지금으로 이어지는 그림을 그렸고, 결과는 아주 성공적이었다.

으직!

마지막 한 놈의 목을 꺾은 휘는 거칠게 손을 털었다.

그리고.

팅.

바닥에 널 부러진 검을 차 올리더니 곧장 뒤를 향해 빠르게 던져버렸다.

콰직!

푸확―

"컥⋯!"

마지막 그 순간까지 숨어 있던 놈의 숨통을 끊었다.

처음부터 모습을 드러내지 않았던 놈으로 휘가 죽이지 않았다면 즉시 보고를 위해 움직였을 것이다.

검게 물든 하늘.

반짝이는 별도, 달도 하늘 가득한 구름에 가린다.

"그래. 해보자! 네놈들이 이기나, 내가 이기나. 일월신교! 네놈들을 개박살내주마!"

하늘을 향해 크게 소리를 내지른 휘가 거침없이 발걸음을 옮긴다.

❖

전생의 기억을 최대한 되살린 휘는 앞으로 자신이 움직여야 할 방향을 정리했다.

"아쉬운 건 확실한 내용을 모른다는 건가⋯."

대략적으로 어떤 방향으로 무림이 움직이게 되고, 놈들의 계획에 대해 알고 있었다.

다만, 알고는 있지만 깊이까지 알고 있는 것은 그리 많지 않았다.

전생에서 휘는 꼭두각시에 불과했다.

정신은 말짱했지만 자신의 의지로 움직일 수 없었다. 철저히 놈들에게 묶인 채, 손가락 하나 조차 놈들의 지시가 없으면 움직일 수 없었다.

하지만 이것만 하더라도 충분했다.

"일월신교를 없애버리기엔 나 혼자만으로는 버겁지. 하지만 중원을 적절히 이용한다면…."

아무리 휘가 대단한 실력을 지니고 있다 하더라도, 혼자의 몸으로 일월신교를 이길 수는 없다. 그렇기에 휘는 자신의 기억을 최대한 이용하여 중원 무림을 끌어들일 생각이었다.

전생에선 어이가 없을 정도로 빠르게 무너졌었지만, 이번엔 다를 것이었다.

다른 누구도 아닌 장양휘 자신이 있으니까.

"우선해야 할 일은…."

휘의 시선이 서쪽을 향한다.

세력이 힘을 키우려고 할 때 신경 써야 하는 것은 여러 가지가 있지만 그 중 가장 큰 비중을 차지하는 것은 역시 돈이다.

먹고, 자고, 입는 모든 것을 해결하기 위해선 돈을 필요로 하고 그 돈을 확보하기 위해 무림 문파들은 각자 든든한 자금줄을 확보하고 있었다.

이는 일월신교라고 해서 다를 것이 없었다.

"문제는 나도 확실한 자금줄은 모른다는 건데…."

황량한 사막을 느긋한 걸음으로 걸으며 중얼거리는 장양휘.

보통 사람이라면 타는 더위에 연신 땀을 흘리다, 탈수 증상을 보이며 쓰러져야 하지만 이미 인간의 범위를 벗어난 그에겐 아무런 문제가 없었다.

혈마제령공을 통해 생강시의 일종이 되어버린 통에 굳이 먹고, 마시지 않아도 족히 한 달은 버틸 수 있고, 어지간한 병장기로는 그의 몸에 흠집도 낼 수 없다.

다만 최소한으로 음식과 물을 섭취할 필요는 있었다.

생강시라곤 하지만 기존의 강기와 궤를 달리하는데다 육신의 유지를 위해서라도 그럴 필요가 있었다.

그런 자신의 몸 상태에 대해 누구보다 잘 알고 있는 것이 휘 본인이었기에 큰 준비도 없이 죽음의 사막이라 불리는 대막에 스스럼없이 발을 들인 것이다.

"그나마 이번에 벌어질 계획에 대해서 알고는 있지만… 불확실성이 너무 커. 모르는 것보다야 낫지만."

환생을 겪었다곤 하지만 장양휘가 미래의 모든 것을 알고 있는 것은 아니었다.

당시엔 자신의 뜻대로 움직일 수도 없었고, 명령을 내려야만 움직일 수 있었으니까.

그렇기에 휘가 알고 있는 것은 자신이 참가했던 싸움과 우두커니 서있으면서 귀동냥으로 들었던 굵직한 사건뿐이었다.

그것도 자세한 것은 모르는 채로 말이다.

이번 일 역시 그런 것들 중 하나였다.

"대체 어디에 있는 거야?"

제법 높은 사구의 정상에서 주변을 둘러보지만 목적했던 곳을 찾을 수가 없었다.

벌써 이 넓은 대막을 돌아다닌 지 한 달이 다되어 가고 있었다.

최소한으로 챙겨왔던 식량과 물이 동난 것은 벌써 며칠 전의 일. 이대로라면 제 아무리 휘라 하더라도 탈이 날 확률이 높았다.

지금 휘가 찾고 있는 것은 대막을 건너는 상인들의 성지였다.

목숨을 걸고 서역과 거래를 위해 대막을 건너는 자들.

단 한 번만 성공하더라도 막대한 부를 쌓는데, 그런 대막 상행을 수십 번이나 성공한 대상인들.

그들에게만 전해지는 대막의 성지.

3년에 한 번 대막 상인들이 모이는 거대한 시장이 바로 그곳에서 열린다.

새로운 후계를 내보이기도 하고, 천하에 둘 없는 기물을 자랑하기도 하는 곳.

이곳에 참여할 자격은 최소 대막에서 십년 이상 상행을 계속해야만 생긴다. 그렇기에 이런 행사가 있다는 것은 알음알음 알려져 있지만 그 정확한 위치에 대해선 알려지지 않았다.

아니, 정확하겐 알려질 수가 없었다.

"이동하는 섬이라고 했던가? 대체 그걸 어떻게 찾는 거야?"

투덜거리면서도 주변을 살피던 그의 눈에 저 멀리 한 무리의 상인들이 눈에 들어온다.

"어쩌면…."

장양휘가 눈을 빛내며 모습을 감춘다.

대막을 오가는 상인들은 하나 같이 막대한 부를 자랑한다. 목숨을 걸고 오가는 만큼 살아 돌아 올 수만 있다면 막대한 부를 쌓을 수 있기 때문이다.

그런 목숨을 내건 상행을 수십 번에 걸치게 되면 황금으로 산을 쌓아도 돈이 남아 정도의 부를 손에 쥘 수 있게 된다.

하지만 어제 무사했다고 해서 오늘도 무사할 것이라 장담 할 수 없는 것이 대막.

산처럼 쌓아놓은 부가 모래성처럼 무너지는 경우도 수도 없이 많다.

그 많은 대막의 상인들 중에서도 널리 이름을 떨치는 자들은 존재하기 마련.

대막오대상단이 불리는 이들이 있다.

몇 년을 버티기 어려운 이곳에서 대를 이어오며 버티고

있는 막강한 상단들.

하지만 그들조차도 성지라 불리는 금사도(金砂島)에서 3년을 주기로 열리는 대막 상인들의 축제가 대체 언제부터 시작된 것인지 알지 못했다.

사실 알 필요도 없었다.

금사도의 축제는 그 유래가 어찌되었든 그들에게 큰 이득을 주는 것임은 틀림없으니.

"서둘러라! 문이 닫히기 전에 도착하려면 더 빨리 움직여야 한다."

"예!"

상단주 파가룽의 외침에 일제히 대답을 하며 속도를 높이는 수하들.

곳곳에 휘날리는 푸른 깃발은 이들이 대막오대상단의 하나인 금사상단임을 드러낸다.

하나 같이 튼튼하고 날랜 낙타를 타고 있는데다, 그 중심엔 사막을 오갈 수 있도록 특별히 고안 된 거대한 마차가 자리를 잡고 있었다.

화려함의 끝을 보여주겠다는 듯 어마무시 한 돈이 들었을 것이 분명한 마차엔 단 두 사람이 타고 있었는데, 금사상단의 주인 파가룽과 손녀인 파세경이었다.

백발이 성성하지만 탄탄한 육체와 동안의 외모는 꽤나 젊게 보일 정도지만, 실제론 대막에서 손에 꼽는 노익장을 과시하는 한 사람이었다.

그런 그의 곁에 앉은 여인은 면사로 얼굴을 가리고 있지만 바람에 드러나는 몸매는 나올 곳 나오고, 들어갈 곳 들어간 완벽한 몸매를 자랑하지만 어딘지 모르게 나약한 기색이 비친다.

실제로 드러나 있는 눈 주변의 피부가 유난이 하얗다.

"저 때문에 죄송해요."

"되었다. 어차피 이리 될 것을 처음부터 결정을 내리지 못한 내 잘 못이지."

하나 밖에 없는 손녀의 사과에 파가릉은 사람 좋은 미소를 지으며 그녀의 머리를 쓰다듬는다.

본래라면 벌써 도착했어야 하지만, 이렇게 늦은 것은 따라가려는 손녀와 놔두고 오려는 그의 기 싸움이 있었기 때문이었다.

어차피 이기지 못할 것을 처음부터 결정을 내렸다면 이리 다급하게 움직일 필요가 조금도 없었다.

'언제 이렇게 강단 있는 아이로 자랐는지….'

손녀의 머리를 쓰다듬는 그의 얼굴엔 만족스런 미소가 가득했는데, 약간의 마찰이 있기는 했지만 그로 인해 손녀의 성장을 엿볼 수 있었기 때문이었다.

자신의 마음을 흡족하게 할 정도로 손녀는 아주 잘 성장해 있었다.

하나 밖에 없던 아들이 결혼을 하고 놓은 유일한 아이가 바로 파세경이었다.

아들 내외는 십년 전 대막 상행 중 불의의 사고로 세상을 떠났기에 유일하게 남은 혈육이라곤 그녀가 유일했기에 파가릉의 손녀 사랑은 아주 유명했다.

정말 여러 가지로 말이다.

덕분에 벌써 시집갈 나이가 다되었지만 매파를 넣는 곳은 손에 꼽힐 정도였다.

금사상단의 유일한 후계이기에 여기저기서 눈독을 들이곤 있지만 말이다.

"기왕 이렇게 된 것, 이번 기회를 바탕으로 금사상단의 후계는 네가 될 것임을 늙은이들 앞에서 밝힐 것이다. 네 능력을 아낌없이 보인다면 누구도 널 쉽게 보려는 자가 없을 것이야. 껄껄껄!"

"최선을 다할게요."

크게 웃는 할아버지를 보며 고개를 숙이는 그녀.

그런 두 사람을 호위하는 호위들의 얼굴에 하나 같이 미소가 새겨진다.

금사상단의 핵심이라 할 수 있는 사람들 중에 파세경의 능력에 대해 모르는 이가 없었다.

벌써 몇 년 전부터 실질적으로 상단을 이끌고 있을 정도로 그녀의 상재는 하늘이 내린 것이었다. 지금에 와서 상단의 누구도 그녀의 말을 듣지 않는 사람이 없을 정도로.

그야 말로 금사상단의 미래는 그 어떤 상단보다 밝은 것이다.

두두두-.

뿌연 모래먼지를 일으키며 고속으로 이동하던 그들이 멈춰선 것은 한 시진 가량 움직이고 난 뒤였다.

"멈춰라!"

선두에 선 누군가의 외침과 동시 빠르게 멈춰서는 금사상단.

"무슨 일이냐?"

"전방에 수상한 자가 나타났습니다."

"마적이더냐?"

"그것은 아닌 것으로 파악됩니다. 이곳 지형을 생각했을 때 마적은 활동을 할 수 없습니다."

"하긴…."

수하의 말에 고개를 끄덕이는 파가릉.

마적들이 움직이는 것은 중원의 초입에 달했을 때다. 그곳은 보기엔 모래사막이지만 말이 달려도 좋을 정도로 땅이 다져져 있는 곳으로, 놈들의 고속기동에 번번이 당하는 상단이 한 둘이 아니었다.

깊은 대막의 사막을 건너기 위해 낙타를 이용하는 상인들로선 쉽게 당해낼 수 없는 것이다.

"서둘러 확인해라. 서둘러야하니."

"명!"

상단주의 명을 받은 호위대장은 수하들에게 시키지 않고 직접 앞으로 달려 나갔다.

낙타 특유의 움직임과 함께 빠르게 접근한 그가 멈춰 섰다.

"금사상단의 앞을 막은 그대는 누구인가!"

호위대장 쿠르크는 상단의 이름을 앞세웠다.

이곳이 마적들이 활동하지 않는 구역이지만 만약이라는 것이 있고, 대막 마적들 중에 금사상단의 이름을 모르는 자들은 없었다.

파가릉의 아들내외가 죽은 것이 마적들과 관련된 것이었고, 놈들을 죽이기 위해 파가릉이 당시 풀었던 돈은 그야말로 성 하나를 살 수 있을 정도였다.

그 이후 다른 상단은 몰라도 금사상단 만큼은 손대지 않는 것이 마적들의 금기가 되었을 정도였기에, 만약 마적이라면 스스로 물러나길 바라는 마음에 상단의 이름을 앞세웠다.

싸운다 하더라도 지지 않을 자신은 있으나 시간을 끌고 있을 상황이 아니기 때문이다.

"크… 흐흐흐."

쇠를 긁는 듯 기괴한 웃음소리가 사막에 퍼져나간다.

"길을… 헉!"

쩌엉!

갑작스레 날아든 공격을 겨우겨우 막아낸 호위대장의 몸이 삼장이나 뒤로 밀려난다.

그와 함께 얼굴을 가리고 있던 두건을 복면을 걷어내는

사내.

"가진 것 모두를 내놓는다면 살려주마. 나 고루마인(骷
髏魔人)의 이름을 걸고!"

"고, 고루마인!"

대체 살아 있는 것인지 의심될 정도로 비쩍 마른 몸.

뼈만 남은 것 같은 얼굴과 나무껍질을 연상시키는 갈라
진 피부.

마지막으로 그의 몸에서 뿜어져 나오기 시작하는 막대한
마기(魔氣)에 호위대장은 대경실색하며 뒤로 물러섰다.

무림에서도 최악의 마인 중 하나로 손에 꼽히는 고루마
인이 이곳 대막에 모습을 드러낼 까닭이 없다.

심지어 무림에서 모습을 감춘 지 십년도 넘었다.

하지만.

눈앞에 서 있는 것은 고루마인, 그가 확실했다.

"적이다!"

호위대장의 외침이 떨어지기 무섭게 상단주를 호위하고
있던 호위들이 일제히 무기를 집어 들며, 마차를 둘러싼다.

"켈켈켈!"

펄럭.

가소롭다는 웃음소리와 함께 고루마인이 손을 들자 곳곳
에서 모습을 드러내는 흑의인들.

하나 같이 진득한 마기와 살기를 흘리는 것이 결코 쉬워
보이지 않는 상대였다.

"자… 내놔라. 가진 모든 것을!"

고오오-.

고루마인의 마기가 사막을 물들인다.

"운이 좋았네."

멀리서 모든 상황을 지켜보고 있던 장양휘는 만족스럽게 웃었다.

혹시나 했는데, 말처럼 운이 좋았다.

바로 목표했던 금사상단을 찍을 줄이야.

"믿음을 주려면 역시 좀 기다렸다가 움직이는 것이 좋겠지. 약간의 희생쯤이야 감당 할 수 있을 테고."

날카로운 눈으로 상황을 주시하는 휘.

그가 목표로 하는 것은 금사상단이지만 정확히는 상단주다. 그가 살아있다면 나머지 인원은 아무래도 상관이 없었다.

그렇기에 극적인 장면을 만들기 위해서라도 조금의 피가 흐르는 편이 낫다고 여겼다.

"그런데 고루마인이 여기에 관계했었나?"

다만 의아한 것은 고루마인의 존재였다.

"이런 곳에 투입할 실력이 아닌데…."

말처럼 고루마인의 실력은 일월신교 안에서도 상위권.

겨우 이런 일에 그가 투입되기에는 분명 이상한 점이 있었다.

"확실한 내용을 모르니 답답하긴 하네."

얼굴을 찡그리며 좀 더 기억을 떠올리려 해보지만, 딱히 떠오르는 것은 없었다.

빈껍데기 인형 안에서 주변에서 떠들어대는 것만 주워들어야 했으니 어쩔 수 없는 일이리라.

와아아-!

쩌정! 쩡-!

"어쨌거나 움직일 준비나 해볼까?"

멀리서 들리는 함성과 병장기 소음에 천천히 몸을 풀었다.

쩌정! 쩡!

"크윽!"

"캬하하하! 제법이로구나! 제법이야! 노부의 삼초를 받아내는 놈은 정말 오랜만이로구나!"

자신의 공격을 막아내고 있음에도 고루마인은 크게 웃으며 기뻐하고 있었다.

반대로 어렵사리 공격을 막아낸 호위대장 쿠르크는 이를 악물었다.

겨우겨우 막아냈다곤 하지만 오래 버티진 못한다.

'이곳에서 죽는 한이 있더라도 상단주님은 지켜야 한다!'

목숨을 버리더라도 고루마인의 상대가 될 수 없다는 것을 알지만 시간을 버는 정도는 할 수 있을 것이라 생각한 그가 뒤를 향해 소리쳤다.

"피해라! 상대 할 수 없는 자들이다!"

"탈출!"

"상단주님을 모셔라!"

쿠르크의 명령이 떨어지기 무섭게 호위들이 빠르게 움직이기 시작했다.

하지만 그보다 먼저 흑의인들이 달려들었다.

쩌정— 쩡!

카캉!

곳곳에서 병장기들이 부딪치고 사막에 피가 튀어 오른다.

고르고 고른 호위들임에도 불구하고 흑의인과 실력 차이가 눈에 보일 정도로 심하게 나고 있었다.

그나마 죽음을 각오한 호위들이 나섰기에 어떻게든 버티고 있지만 그것도 얼마나 갈지 몰랐다.

"탈출! 탈출하란 말이다!"

쩡—!

촤아악!

또 한 번의 공격을 막아내며 밀려난 쿠르크가 외쳐보지만 상황은 최악으로 치닫고 있었다.

도망치려고 해도 활로가 열려야 하는데, 그럴 기미가 조금도 보이질 않고 있었다.

"켈켈켈! 자, 더 받아 보거라!"

"큭!"

상황을 보며 흥이 오른 고루마인이 장법을 펼친다.

호위대장 쿠르크가 실력이 좋다곤 하지만 고루마인의 상대가 될 순 없었다.

그럼에도 지금까지 버틴 것은 놈이 제 실력을 발휘하지 않고 있기 때문이었다.

"오랜만의 외출을 쉽게 끝낼 순 없지 않느냐! 자자, 놀아보자꾸나. 검을 휘둘러 보거라, 아가야! 켈켈켈!"

쩌쩍-!

쩡!

고양이가 쥐를 가지고 놀 듯 그 역시 쿠르크를 가지고 놀았다.

그러는 사이 호위들의 숫자가 빠른 속도로 줄어들었고.

탈출조차 불가능한 일이 되어버렸다, 생각한 순간.

검은 바람이 불었다.

스컥!

귀를 간 지르는 작은 소리.

그리고.

푸확-!

분수처럼 사막의 하늘로 솟아오르는 피.

쓰러지는 흑의인.

"응?"

갑작스런 상황에 고루마인의 시선이 돌아갈 때.

스컥, 스컥!

푸확!

마차에 접근한 흑의인들 넷의 목이 동시에 떨어져 나간다.

"감히! 어떤 놈이!"

죽어가는 수하에 분노하며 고루마인의 손에 강대한 마기가 몰려들기 시작한다.

이제까지완 비교 할 수 없는 기의 흐름에 쿠르크는 죽음을 직감했다.

고루마인의 장력이 날아드는 그 순간.

흑의인이 쿠르크의 앞에 나타나더니 금세 주먹을 휘둘렀다.

쾅-!

"네놈… 누구냐!"

자신의 앞을 막아선 사내를 향해 살기를 폭사시키며 이를 드러내는 고루마인을 향해 흑의인.

장양휘는 비릿한 미소를 지었다.

"지랄하네. 상황 파악 안 돼?"

히쭉.

비웃음과 함께 휘의 신형이 사라진다.

뒤늦게 고루마인의 시선이 마차를 향하지만.

스컥, 스컥!

마차에 접근하던 수하 둘의 목이 솟아오른다.

"이노오오옴!"

푸확!

괴성을 지르며 달려드는 고루마인.

허나, 장양휘는 쉽게 잡혀주지 않았다.

오히려 놈을 놀리듯 움직이며 적을 줄이는데 치중했다.

"…이런! 상단주님을 호위해라!"

뒤늦게 정신을 차린 쿠르크가 살아남은 수하들을 향해 외쳤고, 그제야 멍하니 상황을 보고 있던 이들이 다시 움직이기 시작했다.

콰직!

섬뜩한 소리와 함께 휘의 주먹이 흑의인의 머리를 깨부순다.

그와 함께 모습을 드러냈던 흑의인들은 그의 손에 모조리 죽임을 당했다.

마지막까지 휘를 잡지 못한 채 수하들을 잃은 고루마인의 몸에서 어마어마한 마기가 뿜어져 나온다.

"살려두지 않겠다!"

쾅!

굉음과 함께 그가 마차를 향해 고루마장을 쏟아낸다!

놈이 자신의 수하들을 죽였듯 그 역시 놈이 보호하려는 금사상단주를 죽이고 시작하려는 것이다.

그 순간.

휘릭.

어느 새 마차 앞에 선 휘가 바닥에 떨어진 검을 차올리더니 휘둘렀다.

퍼퍼펑! 펑!

푸확—

하지만 정작 고루마인이 노린 것은 자신의 앞을 막아설 그 작은 순간이었고, 그의 생각처럼 검을 휘둘러 텅 빈 가슴 쪽으로 어느 새 다가선 고루마인이 파고들었다.

아니, 파고들었다 생각한 그 순간이었다.

쩌억!

"크악!"

강렬한 타격음과 함께 턱을 부여잡은 고루마인이 빠르게 뒤로 물러섰다.

주륵—

벌어진 입을 통해 끊임없이 붉은 피가 흐른다.

"어, 어떠허케에…!"

바람이 새는 발음으로 소리치는 놈을 향해 휘는 비릿하게 웃었다.

"너 같이 멍청한 놈들은 꼭 품으로 파고들거든. 상대의 품으로 파고드는 건 좋은데… 상대의 실력은 확실히 하고 움직여야하지 않겠어?"

후웅.

일순 사막이 가라앉는다.

고요하게.

장양휘의 몸에서 뿜어져 나온 거대한 기운이 그렇게 만들었다.

"마… 말도 안 돼! 난! 난 고루마인이다! 고루마…"

콰직!

"덜 떨어진 놈이 시끄럽기까지 하네."

소리치는 놈의 입을 주먹 한 방으로 다물어 버리게 만든 휘가 얼굴을 찡그렸다.

실력도 되지 않는 것들이 시끄럽게 떠들어 대는 것.

장양휘가 가장 싫어하는 것 중 하나였다.

"흐… 흐흐…!"

살기 가득한 눈으로 땅을 짚으며 일어서는 고루마인.

그의 눈은 붉게 물들어 휘를 죽이고야 말겠다는 의지가 보는 것만으로 느껴질 정도였다.

하지만 정작 살기를 접한 휘는 여유 그 자체였다.

"이런 것도 살기라고. 제대로 된 쌈질을 해보질 않았구나?"

"이…!"

쿠오오.

뭐라 입을 열려던 고루마인의 입이 닫힌다.

덜덜덜.

온 몸을 죄여오는 살기와 쩍쩍 갈라진 피부마저 곤두설 정도로 강렬한 기운에 차갑게 식는 머리.

그제야… 상황이 눈에 들어온다.

'대체, 대체 누구냐! 금사상단에 이런 고수가 있었나? 아니, 무림에 이런 놈이? 빌어먹을!'

눈을 굴려 주변을 보니 살아남은 수하가 없다.

그것을 다시 확인한 그가 찰나의 순간 마차 반대편 먼 곳을 보지만.

"아무도 없다. 제일 먼저 목을 베고 왔거든."

어느 새 놈의 눈을 확인한 장양휘가 피식 웃었다.

그 말처럼 이곳에 오기 전 제일 먼저 그가 한 것이 만약을 위해 후방에 있을 일월신교 무인을 처리하는 것이었다.

놈들의 생리에 대해선 누구보다 잘 아는 장양휘다.

일월신교는 항상 그러했다.

10할을 확신하는 싸움에서도 만약을 위한 대비를 한다. 이런 상황에서라면 실패를 대비해 이야기를 전달할 무인을 심어 두었을 것이라 예상한 것이다.

예상대로 숨어 있는 놈들 몇이 있었고, 그것을 휘는 먼저 처리했을 뿐이었다.

놀란 눈으로 자신을 보는 놈을 향해 휘는 씩 웃었다.

"그렇게 놀랄 것 없어. 먼저 내 앞을 막은 건 놈들이니까."

"그, 그헐리…!"

"말이 기네. 슬슬 끝낼까?"

놈이 뭐라 말을 하려는 순간 휘가 먼저 움직였다.

처음부터 후방에 숨은 무인들의 존재를 알고 움직였지만, 그것은 어디까지나 숨겨져야 하는 비밀이다.

금사상단에 한 발 거쳐야 하는 상황이기에 굳이 의심을 심어줄 필요는 없는 것이다.

쿠화확!

막대한 기세를 내뿜으며 달려드는 장양휘.

거친 바람이 불어오는 것 같은 그 모습에.

고루마인은 제대로 반응조차 하지 못했다.

스컥!

간결한 소리와 함께 머리가 몸통에서 분리되고, 세상이 뒤집어지는 것을 보는 것.

그것이 고루마인이 본 마지막이었다.

촤아악-.

낙타들이 이끄는 마차가 빠른 속도로 사막을 질주한다.

출발할 때와 달리 이젠 십여 명 밖에 남지 않은 호위들이지만 누구나도 두려워하는 기색은 없다.

이 모든 것이 마차 위에서 상단주 파가릉과 마주 앉은 사내 덕분이었다.

"자네가 아니었다면 우리는 영락없이 죽었을 것이네. 뿐만 아니라 내 목숨을 내주어도 아깝지 않은 이 아이까지 잃을 뻔했지."

"그저 운이 좋았을 뿐입니다."

"허허, 운은 내가 좋았지."

웃으며 고개를 내젓는 그와 달리 파세경의 눈은 조용히 장양휘를 향한다.

그녀의 시선을 알면서도 휘는 무시하고 파가릉을 보았다.

"내 이 은혜는 꼭 갚도록 하겠네."

"거절하진 않겠습니다."

"푸하하하! 마음에 드는 군!"

웃으며 거절하지 않는 그를 보며 파가릉은 크게 웃었다. 보통이라면 괜찮다며 사양하고 나설 것을 그는 스스럼없이 곧장 받아들이고 있었다.

굳이 자신의 목숨을 구해주어서가 아니라도 휘가 마음에 들기 시작한 그다.

그때 조용히 자리를 지키고 있던 파세경이 입을 연다.

"장 소협께선 왜 이 험한 대막을 혼자 건너고 있었던 것인지요? 소녀 궁금증이 머릿속을 떠나질 않아, 실례를 하겠습니다."

옥구슬이 유리 위를 구르는 소리가 이러할까.

투명하면서도 깨끗한 그녀의 목소리에 절로 시선이 그녀를 향한다.

하지만 정작 휘가 관심을 가진 것은 '소협'이라는 말이었다.

'그러고 보니… 나이를 잊고 있었구나.'

전생에서도 나이를 챙기지 못했는데, 이번 역시 마찬가지였다.

하긴 늙지도 않는 몸이니 굳이 따질 필요는 없을 터지만.

'보자… 올해로 겨우 약관인가?'

겨우 스물.

전생을 합친다면 오십에 이르지만, 어디까지나 그것은 숫자일 뿐이다.

자신의 뜻대로 움직였던 것을 센다면 어린 시절을 제외하면 한 손으로도 셀 수 있을 정도였다.

"장 소협, 소협?"

"음, 죄송합니다. 잠시 다른 생각을 했군요."

그녀의 얼굴을 보며 고개 숙여 사과하는 휘.

다른 생각을 하느라 그녀의 말을 제대로 대답지 못한 것에 사과였고, 곧 그녀와 파가릉을 쳐다보았다.

손녀의 질문에 파가릉은 아무런 반응을 보이지 않고 있었는데, 굳이 그녀가 묻지 않았어도 그가 물었을 것이란 뜻이었다.

아무리 도움을 주었다곤 하나 어찌 의심스럽지 않겠는가?

죽음의 사막이라 일컬어지는 이곳 대막을 혼자서, 그것도 맨몸으로 횡단을 하다니.

제 아무리 고수라 하더라도 있을 수 없는 일이다.

죽고 싶어 안달이라도 나지 않은 이상.

그럼에도 불구하고 그동안 그가 묻지 않은 것은 휘가

목숨을 취하려 든다면 어차피 막을 수 없음을 알기 때문이다.

뿐만 아니라, 만약 고루마인과 같은 자들이 또 다시 공격을 해온다면 휘가 아니면 막을 방법이 없기도 했고 말이다.

그렇기에 조심스레 접근하려했는데 손녀가 나설 줄은 몰랐으나, 파가릉은 그것을 표하지 않았다.

상재(商材)와 사람을 보는 눈.

그 두 가지는 이미 자신을 뛰어넘었음을 잘 알기 때문이다.

"이거… 거짓은 안 통하겠군요."

올곧은 눈으로 자신을 바라보는 파세경을 보며 휘는 고개를 저었다.

어차피 처음부터 거짓을 말할 생각도 없었지만 이야기를 할 기회가 생각보다 더 빨리 찾아왔다.

'좋은 기회야. 놈들의 자금 확보를 방해하는 수준이 아니라 엉망으로 만들어 버릴 수도 있겠어.'

처음엔 대막상인들을 노리는 일월신교의 계획을 방해하려 했지만, 이들을 보는 순간 계획을 바꾸었다.

어쩌면 일회성인 방해가 아니라 지속적으로 놈들을 괴롭힐 수 있을 지도 몰랐다.

"일원신교. 그 이름을 들어봤습니까?"

"마교! 그 저주받은 자들이 다시 나타났단 말인가?!"

"믿기지 않겠지만, 사실입니다."

파가룽 뿐만 아니라 파세경의 얼굴까지 굳어진다.

일월신교.

놈들의 악명은 백 년이란 시간이 흘렀음에도 쉬이 잊혀지지 않았다.

그만큼 놈들이 쌓은 악명이 높다는 증거다.

"허… 허허허. 작은 걸 캐려다, 큰 걸 캐버린 꼴이로군. 그것도 처치곤란 한 물건을 말이야."

쓰게 웃으며 고개를 내젓는 파가룽과 달리 어느새 안색을 회복한 파세경이 휘를 바라본다.

'호? 이것 봐라?'

짧은 순간 자신을 다스리고 본래의 모습으로 돌리는 것은 결코 쉬운 일이 아니었다.

당장 경험 많은 파가룽만 하더라도 일월신교란 이름에 마음을 가라앉히지 못하고 있는데, 그녀는 본색을 찾았다.

그것이 의미하는 것은 하나.

그녀의 그릇이 그보다 월등히 크다는 것이다.

대막오대상단의 일각인 금사상단의 주인인 파가룽보다 더 큰 그릇.

'이거 생각보다 더 큰 걸 얻을 수 있겠어.'

생각했던 것 그 이상을 얻을 수 있다는 느낌이 강하게 들고 있을 때, 그녀가 입을 열었다.

"…일월신교라는 것을 어찌 확신 할 수 있는 지요?"

핵심을 찌르는 그녀의 물음.

그에 휘는 편안한 미소로 답했다.

"내가 그곳에서 뛰쳐나왔으니까."

이번엔 그녀도 쉽게 안색을 돌리지 못했고, 재미있는 듯
휘는 그것을 감상했다.

결국 잠시간의 시간이 지나고 나서야 그녀는 제 안색을
찾을 수 있었고, 다시 대화를 이어나가기 시작했다.

"그 말… 사실인가요?"

"물론."

간결한 대답과 함께 정면으로 부딪쳐오는 그녀의 눈을
피하지 않았다.

그러길 잠시.

파세경이 먼저 눈을 피했다.

"믿겠어요."

"그래야지. 솔직하게 말해서 놈들의 마수에서 구해주기
위해 여기까지 달려온 것이니까. 아, 미리 말하는데 호위들
이 희생된 것은 나도 어쩔 수 없는 일이었어. 대막은 넓으
니까."

그의 말에 파세경과 파가릉은 고개를 끄덕이며 인정했
다.

휘의 말처럼 대막은 드넓은 곳.

자신들을 구하기 위해 대막으로 달려와 자신들을 찾은
것만으로도 천운이 따랐다고 할 수 있었다.

"나도 많은 것을 알고 있는 것은 아니지만 놈들은 이번 회동을 이용해서 막대한 자금을 손에 넣을 계획을 세우고 있어. 그 첫 번째 목표가 바로 금사상단이었고."

"음! 그렇다면 다른 상단 역시?"

"어쩌면 이미 한통속이 되어버린 곳이 있을 지도 모르는 일이지요. 늦은 감이 있지만… 놈들의 계획을 망치기 위해서라도 전 금사상단을 따라 그곳으로 가야 합니다."

"어디를 말인가?"

파가릉의 물음.

그것은 하나의 물음이지만 동시 휘를 시험하는 것이기도 했다.

"금사도. 그곳으로 절 데려가 주십시오."

파가릉과 파세경의 눈이 마주치고 두 사람의 고개가 동시에 끄덕여진다.

"잘 부탁하네."

猎皈
在黑夜 3章

3 章

쿠구구…!

은은히 울리는 땅과 휘날리는 바람.

사막의 재앙으로 불리는 용권풍이 저 멀리 보인다.

끝이 보이지 않을 정도로 높은 하늘로 솟아오른 모래 기둥을 자랑하며 몸부림을 친다.

신기한 것은 자리에서 움직이지 않는다는 것이었다.

"저 안에 금사도가 있다네."

"…하!"

파가릉의 말에 장양휘는 혀를 차지 않을 수 없었다.

누가 상상이나 했겠는가?

사막의 재앙이라는 용권풍 안에 금사도가 있다고 말이다.

왜 이제까지 금사도가 사람들의 눈에 띄지 않았던 것인지 알 수 있었다.

그와 함께 몇 가지 궁금증이 일어났지만 그보다 먼저 파가룽이 말했다.

"금사도 안으로 들어 갈 수 있는 것은 지금뿐이네. 궁금한 것이 많겠지만 내 나중에 말을 해줌세. 쿠르크!"

"예! 당겨라!"

호위대장을 부르자 그가 고개를 숙이더니 수하들에게 명령한다.

그와 함께 모래에 숨겨져 있던 쇠사슬을 일제히 당기는 호위들!

그그긍!

쿠쿠!

기이한 소리와 함께 일행의 전면으로 모래 바닥에서 거대한 입구가 모습을 드러낸다.

정확한 위치를 알지 못한다면 방법을 안다 하더라도 결코 금사도 안으로 들어 갈 수 없는 것이다.

"서둘러라! 시간이 없다!"

파가룽의 재촉에 낙타와 마차가 빠른 속도로 문 안으로 들어가고, 얼마 지나지 않아 문이 닫히며 사막의 본래 모습을 되찾는다.

그리고 반 시진도 되지 않아…

쿠오오오-!

움직이지 않던 용권풍이 언제 그랬냐는 듯 자리를 이동하기 시작했다.

느릿한 움직임으로.

"금사도가 어떻게 만들어졌고, 이곳으로 향하는 통로를 누가 만든 것인지는 아무도 모른다네. 다만 전해지는 이야기로는 전설로만 전해져 내려오는 황금왕국에서 만들었다고는 하는데 진실은 아무도 모르지."

"황금왕국이라면?"

"제대로 된 이름도 이젠 전해지지 않네. 다만 황금으로 집을 지었을 정도로 흔했다 전해지니 그렇게 부르는 것일 뿐. 어쨌거나 금사도에서 다시 나가려면 열흘이 있어야 하네. 그 기간 동안은 이곳에 들린 이들의 축제가 되는 것이지."

쿵!

파가룽의 말이 끝나기 무섭게 통로 반대편에서 묵직한 소리가 울리더니 땅이 움직이기 시작했다.

아니, 눈으로 보이진 않지만 감각이 그리 말해주고 있었다.

"움직이기 시작했군. 다른 것은 차차 이야기하도록 하고 일단 나가도록 함세."

말이 끝나기 무섭게 긴 통로의 끝이 보였다.

금사도(金砂島).

그곳은 하나의 도시였다.

높은 건물은 없지만 사람이 머물기에 충분한 건물들이 수도 없이 자리를 잡고 있었고, 한쪽에는 식수를 구할 오아시스까지 자리를 잡고 있다.

뿐만 인가?

건물 너머로 보이는 곳엔 작지 않은 초원까지 존재함이니 금사도에서 먹고 살고자 한다면 자급자족이 가능할 것이 분명했다.

"이건 상상을 뛰어넘는 군요."

"허허, 처음 이곳을 온 사람들은 모두 그렇게 말을 하지."

휘와 같은 감상이라는 듯 놀란 눈으로 주변을 살피는 손녀의 머리를 쓰다듬으며 파가릉은 웃었다.

어지간한 일로는 놀라지 않는 파세경이지만 금사도의 신비 앞에선 놀라지 않을 수 없었다.

그때 일행의 앞으로 다가서는 일단의 무리가 있었다.

"왜 이렇게 늦은 거야?! 기다리다가 목 빠지는 줄 알았잖아!"

"네놈 목이 진짜 떨어지는지 보려고 일부러 늦었지!"

"푸하하하!"

"하하하!"

파가릉과 마주선 채 큰 웃음을 터트리는 노인.

파가릉이 나이에 맞지 않는 탄탄한 몸을 가진 것에 비해, 맞은편에 선 노인은 지팡이를 들진 않았지만 당장 쓰러진다 해도 믿을 정도로 호리호리한 몸을 유지하고 있었다.

그렇게 한참을 웃던 두 사람이 일순 웃음을 거둔다.

"빨리 뒈져버려라, 이 자식아!"

"말라깽이가 지금 누구한데 뭐라는 거야?!"

멱살이라도 잡고 싸울 듯 으르렁거리지만 막상 서로 손을 쓰진 않는다.

"오랜만에 뵈어요, 백부님."

어느 새 파가릉의 곁에 선 파세경이 고개를 숙여 인사를 건네자 노인의 시선이 그녀를 향한다.

"아니?! 이게 누구야! 대막의 보물이잖아! 네가 여기엔 무슨… 설마 이번에 소개할 생각이냐?"

"크흠. 그렇지 않았다면 데리고 올 이유가 없잖느냐."

"허! 너무 이른 것은 아니냐? 실력과 능력은 알고 있지만 고지식하고 머릿속에 능구렁이가 몇이나 든 놈들이 판치는 곳이라 자칫 먹힐 수도 있다."

어느 새 심각해진 얼굴의 노인을 보며 파세경이 먼저 입을 열었다.

"걱정 마세요. 이미 각오를 하고 왔으니까요."

"흠! 네 말이라면 믿을 수 있지. 암! 그렇고말고. 대체 어떻게 저놈의 핏줄에서 너 같은 아이가 나올 수 있었는지… 금사도에 이른 대막의 또 다른 불가사의다."

"이놈이!"

은근히 시비를 거는 노인에게 발끈하는 파가릉을 뒤로 하고 그의 시선이 파세경의 뒤편에 선 장양휘를 향했다.

"처음 보는 인물이 있구나."

"이번에 제 호위로 나서주신 장양휘 소협이세요."

"호위? 흠… 저 놈이 말리지 않았다는 것은 보는 것과 달리 실력은 충분한 모양이로구나."

잠시 쿠르크의 얼굴을 본 노인이 시선을 휘에게 주며 말했다.

"클클, 대막의 보물을 잘 부탁한다. 필요한 것이 있다면 나 가득염에게 찾아와라. 저 곰탱이가 못해주는 것도 해주마!"

"…오늘 너 죽고 나 죽자!"

"덤벼라!"

어느 새 둘 만의 세계에 빠져든 그들을 보며 모두가 고개를 내젓는다.

하지만 반대로 그것은 그만큼 익숙한 일이었다.

이쪽이나, 저쪽이나.

"저렇게 보여도 두 분 사이가 좋은 것은 대막에서도 잘 알려져 있어요. 대막오대상단의 하나인 태양상단의 주인이시기도 하고요."

"태양상단이라…."

그녀의 말에 휘는 고개를 끄덕이며 빠르게 관련된 내용을 떠올렸다.

'금사상단과 함께 무너졌던 곳이로군. 끝까지 저항했다고 하더니 이런 관계였던가?'

휘가 알고 있는 태양상단은 다른 상단들이 일월신교의

힘에 굴복하는 가운데서도 끝까지 저항했던 곳이다.

최후의 그 순간까지 일월신교에 저항했고, 결국 누구도 살아남지 못한 곳이었다.

대막오대상단들 중에 금사상단과 더불어 무너진 곳이기도 했다.

'금사상단과 태양상단을 한 편으로 끌어들일 수 있다면 다른 상단은 없어도 돼. 실질적으로 오대상단을 이끌어가는 수뇌는 이 두 곳이니까.'

당시 일월신교가 마지막까지 저항하는 놈들을 포섭하려고 했던 것도 그런 이유에서였다.

태양상단이 돌아선다면 더 많은 자금을 가져갈 수 있었을 테니까.

그런 놈들의 계획을 뒤튼 것은 장양휘 본인이었다.

이미 금사상단은 놈들의 위협에서 벗어났고, 이젠 태양상단을 끌어들이면 될 일이다.

몸으로 하는 일엔 누구보다 자신이 있는 휘지만, 돈과 관련된 것이라면 자신보다 너 뛰어난 전문가들이 나서는 게 좋은 것이기도 했고.

"그보다 정말 이곳에 놈들이 숨어들었을까요?"

조용히 물어오는 파세경.

이곳으로 오는 동안 세 사람은 많은 이야기를 했고, 그 중 하나가 이미 놈들의 휘하에 들어간 상단이 있다는 것이었다.

놈들이 나서는 순간.

금사도는 지옥이 될 것이 분명했다.

"나라면… 이 기회를 놓치지 않을 테니까."

그 말에 파세경은 고개를 끄덕였다.

금사도의 존재를 알고 있고, 자금줄을 구하는 중이라면 그 어떤 일보다 이곳을 우선시 할 것이 분명했다.

굳이 휘가 아니라, 파세경 그녀도 그런 상황에 처한다면 그리 움직였을 테니까.

"하아… 큰 피해가 없어야 할 텐데…."

안타까움이 가득 든 그녀의 목소리가 허공에 흩어진다.

금사도에서 벌어지는 시장을 가장한 축제는 여타 시장과 크게 다를 것이 없었다.

곳곳에 시장이 형성되었고, 오가는 사람들이 마음에 드는 물건이 나타나면 흥정을 한다.

여기까지는 여타의 시장과 크게 다른 것은 없지만, 그 속 내를 들여다보면 전혀 달랐다.

"…금 10관! 그 이상은 안 되네!"

"그러지 말고 반관만 낮춰주십시오. 대신 다음엔 어르신 상단과 최우선적으로 거래하겠습니다."

"허! 요즘 잘나간다더니 사실인 모양이로군. 좋네! 대신 좋은 물건으로 부탁하네."

"물건이 곧 신용 아니겠습니까? 최고로 보답하겠습니다."

금 한관을 마치 금 한 냥으로 취급하는 대범함!

문제는 한 곳만 그런 것이 아니라 거의 대부분이 그러고 있다는 것이었다.

"가치가 다르군."

"이곳에 참석하기 위한 자격을 생각해보면 당연한 일이 아닐까요? 게다가 거래하는 물건들마다 그 정도 가치를 가지고 있음이니, 아까울 것이 없죠. 게다가 물건을 구입하면서 안면을 튼다는 것도 돈으로 환산 할 수 없는 무형의 재산이 될 수 있구요."

"하긴, 그렇겠군."

파세경의 말에 고개를 끄덕이긴 했지만 휘로선 도통 이해 할 수 없는 상황이 여기저기서 벌어졌다.

같은 비단으로 보이는데도 여기선 한 필에 몇 백 냥을 호가하고, 저기선 아예 관으로 다룬다.

물건을 보는 눈이 없는 휘로선 당연한 일이긴 하지만 자신도 모르게 고개가 저어지는 것은 막을 수 없었다.

"풋!"

그 모습에 파세경이 웃음을 터트렸다.

"장 소협께선 시장에 익숙하지 못한 모양이시네요."

"…그런 것도 있지."

실제로 금액이 높기는 하지만 일반 시장으로 생각한다면 무리가 없다.

그럼에도 휘가 당황한 것은 그런 경험이 없기 때문이었다.

전생은 생강시로 대부분의 삶을 살았고, 환생을 한 이후인 지금도 많은 경험은 해보지 못했다.

자신이 아는 것과 모르는 것은 큰 차이가 있는 법.

그것을 스스로 인정하는 휘를 보며 세경의 눈이 살짝 빛났다가 사라진다.

그렇게 시장을 둘러보던 두 사람의 발걸음이 천천히 시장의 최중심부로 향한다.

본래 물이 가득 차 있어야 할 마른 샘을 중심으로 오거리가 조성되어 있고, 그 귀퉁이를 한 자리씩 잡고 앉은 상단들.

대막오대상단이었다.

이미 물건을 내놓고 팔고 있는 태양상단과 달리 금사상단은 바쁘게 물건들을 배치하고 있었지만, 그것도 곧 끝이 날 듯 했다.

오대상단이 내놓은 물건들은 대소동이었다.

어쩌면 당연한 일이었다.

워낙 덩치가 큰 곳이다 보니 여러 가지 물건을 다루다 보니 벌어지는 일이다.

"물건은 저쪽이 더 좋아 보이는데…? 내 눈이 이상한 건가?"

"맞아요. 단순히 물건의 좋고 나쁨만 따진다면 저쪽 물건들이 더 좋을 거예요."

"그럼 왜?"

얼굴을 찡그리며 휘가 묻자 파세경은 잠시 숨을 가다듬고 답했다.

"굳이 이곳에서 물건을 팔지 않아도 저희쯤 되면 알아서들 찾아오니까요. 굳이 무거운 것들을 가지고 올 필요는 없잖아요."

"…그런 건가?"

"그렇죠. 그렇다고 아예 물건을 내놓지 않기는 그러니 아예 최고의 가치를 가졌거나, 기이한 물건들을 내놓게 된 거죠."

"일종의 자랑 질이지. 클클클."

그때 그녀의 말을 끊으며 나선 이가 있었으니 태양상단의 주인 가득염이었다.

"예쁘게 포장할 필요가 뭐가 있느냐? 내가 이런 귀한 물건을 가지고 있다. 네놈들은 없지? 라는 생각으로 자랑 질하는 무대에 불과한 것을. 클클클."

"그런 것 치곤 어르신 상회에도 물건이 제법 있습니다만?"

"클클클. 자랑 질엔 나도 제법 자신이 있거든!"

당당하게 턱을 치켜세우며 말하는 가득염을 보며 휘는 어디 없다는 눈으로 그를 본다.

파세경 역시 남몰래 한숨을 내쉬는 것이 그의 성격이 본래 이런 것임이 분명했다.

"이 나쁜 놈아! 내 손녀한테 이상하거 가르치지 말고 썩 물러나라!"

"재수 없는 곰탱이 같으니라고! 나도 더러워서 손녀를 보던가 해야지!"

"헹! 꿈에나! 네놈 밑으로 아들만 줄줄 있는 걸 모르는 사람이 누가 있냐!"

"…딸 낳는 놈에게 전 재산을 물려주던지 해야지."

파가릉의 놀림에 이를 악무는 가득염.

그의 말처럼 가득염은 결코 작지 않은 자식을 보았고, 그 자식들 역시 가정을 꾸려 자식을 놓았다.

하지만 하나 같이 아들만 줄줄줄.

꿈에서도 바라는 손녀는 도통 나올 생각을 하지 않으니 파가릉의 놀림에 이를 악물 수밖에 없었다.

다른 걸로는 결코 파가릉에게 지지 않을 자신이 있지만 그놈의 손녀란 단어 앞에선 한 없이 작아지는 것이 그였다.

"빼빼 말라서 딸을 못 보는 거다!"

"너 죽고, 너 죽자!"

"어허! 이거 왜 이러시나?!"

시장 한 가운데서 아이처럼 투닥 거리며 싸우는 모습에 세경이 한 숨을 내쉬며 태양상단이 내놓은 물건들 앞으로 움직인다.

금사상단의 물건이야 이미 자신이 알고 있는 것들뿐이지 만 태양상단의 것들은 처음 보는 것들이 제법 있었다.

"이건?"

그때 그녀의 눈을 사로잡는 물건 하나가 있었다.

푸른 보석으로 부처를 조각 해 놓은 부처상 하나.

투명한 듯 푸른 부처상은 빛이 비칠 때마다 그 모습을 달리한다.

어떤 보석인진 알 수 없지만 눈에 보이는 것 하나 만으로 도 그 가치를 쉬이 매기기 어려울 정도의 보물.

"클클… 멋지지 않느냐?"

어느 새 싸움을 멈추고 다가선 것인지 가득염이 옆에서 클클 대며 웃었고, 그 옆에서 파가룽이 마음에 들지 않는 다는 듯 얼굴을 찌푸리고 있었다.

그러면서도 입을 열진 않는 것이 그 역시 부처상의 아름 다움을 충분히 인정하고 있는 것이다.

"나도 우연히 입수한 물건이다. 이름도 없고, 어떤 재질 로 만들어진 것인지도 알지 못하지만… 그것이 어떻겠느 냐. 보는 것만으로도 그 가치가 충분함을. 네 눈엔 어때 보 이느냐?"

그의 물음에 파세경이 답했다.

"만약 이걸 구할 수 있다고 한다면 천억 금을 주더라도 부족함이 없을 거예요. 다만, 이것의 가치를 아는 사람에게 한 해서겠지만요."

"클클, 맞다. 비싸긴 하지만 세상에 나오지 않을 물건이
지."

자신이 생각하는 것과 같은 생각을 한 파세경을 보며 웃
는 가득염.

두 사람의 대화는 어쩌면 당연한 것이었다.

가치가 너무 크다보니 이것을 가진 사람은 세상 밖으로
꺼내려 하지 않을 것이 분명했다. 그리고 결정적인 곳에 쓰
려 할 테다.

그 끝은 결국 황궁이 될 테고 말이다.

황궁에 물건이 들어가는 순간.

세상 밖으로 나오는 일은 더더욱 없을 것이 분명했다.

"그런데 이런 귀한 것을 왜 가지고 나오셨어요?"

"클클, 내 말했지 않느냐. 자랑 질은 나도 좀 한다고 말
이다. 게다가 나는 필요가 없는 물건이지만 이것의 인연이
닿은 자가 이곳에 있을 지 누가 알겠느냐."

굳이 돈에 연연하지 않아도 될 정도로 많은 부를 소유한
그이기에 할 수 있는 말.

"그런데… 네게 보여주고 싶은 물건은 따로 있다."

얼굴을 구기는 그를 보며 파세경이 고개를 갸웃거린
다.

수도 없이 많은 보물을 보아온 그가 얼굴을 구길 정도의
물건이 있을 것이라고 생각지도 못했기 때문이다.

"…빌어먹을. 넌 우리 모두를 죽일 셈이냐?"

담담히.

하지만 낮게 으르렁거리는 파가릉을 보며 가득염은 한숨과 함께 고개를 숙였다.

"미안허이. 하지만 나로선 도저히 감당이 되지 않는 물건이라 어찌 할 방법이 없었네. 적어도 내가 아는 한도 안에서 이것의 가치를 제대로 알 아 볼 수 있는 사람은 세경이 밖에 없었어."

태양상단의 건물 지하.

횃불로 겨우 주변을 밝힌 그곳에 들어앉은 네 사람의 얼굴은 심각하기 그지없었다.

아니, 정확하게는 세 사람이 말이다.

휘는 눈앞의 물건을 두고도 별 다른 가치를 느끼지 못하고 있었으니까.

네 사람의 중간에 놓인 물건 하나.

낡은 탁자 위에 놓인 물건은 검(劍)이었다.

녹이 피어올라 검이 뽑힐 것인지조차 의심스러운 검 하나.

대략 5척(尺)쯤 되는.

'녹이 피어올랐고 검집이 제법 두터운 것 같으니… 실제로는 네 척? 네 척 반?'

조금 특이한 점이 있다면 녹이 피어오르지 않은 부분으로 드문드문 보이는 용의 모습이다.

양각되어진 용은 짧게나마 보이는 모습만으로 당장이라도 날아오를 것 같은 형상을 하고 있었다.

'보검 그 이상의 가치는 없어 보이는데… 게다가 이렇게 녹이 쓸 정도면 그 안은 어떻게 되어 있는지도 모르고.'

심각한 세 사람을 두고 휘는 검을 살피기에 여념이 없었다. 하지만 그가 알아낼 수 있는 것은 거기까지였다.

어떤 특이한 점도 알아낼 수 없었던 것이다.

그때 그 표정을 눈치 챈 세경이 휘를 향해 입을 열었다.

"장 소협께선 이 물건을 모르시는 가요?"

"뭐…."

어깨를 으쓱이는 휘.

"뭐?"

"이걸 모른다고?!"

깜짝 놀라 휘를 바라보는 파가릉과 가득염.

둘의 얼굴엔 놀라다 못해 경악심이 서려 있었고, 세경 역시 놀란 듯 했지만 금세 입을 열었다.

"정말 모르세요?"

"난 이런 것에 신경을 쓰질 않아서."

"하아…."

결국 그녀도 한숨을 내쉬고 만다.

시장을 다닐 때 세상 물정에 어딘지 모르게 어두워 보인다 싶었는데, 무림인이 보물을 두고도 못 알아 볼 것이라곤 생각지도 못했다.

처음 이곳에 들어설 때 절대적으로 휘를 떼어 놓으려던 가득염이었지만, 믿을 수 있는 사람이라는 말에 그가 마지

못해 허락했었다.

만약 이것이 있는 줄 알았다면 그녀도 파가릉도 휘를 떼어 놓고 왔을 것이었다.

'그것도 이젠 늦은 것 같지만. 그보단 장 소협께선 정말 이 물건에 대해 잘 모르시는 모양이구나. 어쩌지? 이건 우리 같은 상인들이 가져선 안 되는 물건인데…'

그녀의 고민이 깊어진다.

눈썹이 몰리며 고민에 **빠진** 그녀를 보며 파가릉과 가득염 역시 입을 열지 않았다.

자신들로선 아예 해결을 볼 수 없는 물건이고, 그나마 세경이라면 어떻게든 방법을 찾을 수 있겠다 싶었던 것이다.

어찌 보면 가득염의 선택이 크게 틀린 것도 아니었다.

그렇게 한참을 고민하던 그녀가 휘의 두 눈을 똑바로 바라보며 말했다.

"전 장 소협을 믿어요. 장 소협께서도 절 믿어 주실 수 있나요?"

갑작스런 물음이었지만 진지한 그녀의 눈을 보며 휘는 고개를 끄덕여야 했다.

어차피 앞으로도 이들의 도움을 받아야 한다면 서로 믿고 의지하는 것이 훨씬 더 나은 일이라는 것을 휘 역시 잘 알고 있는 것이다.

그 모습에 안도의 한숨을 내쉰 그녀가 검을 가리키며 말했다.

"무림삼대마검. 들어보셨겠죠?"

"삼대마검… 그런 것도 있나?"

"……."

"허!"

"이것 참."

휘의 대답에 세경은 자신도 모르게 입을 쩍 벌렸고, 파가릉과 가득염은 고개를 내저었다.

설마하니 무림삼대마검에 대해 모르는 무림인이 있을 것이라곤 단 한 번도 생각해 본 적이 없기 때문이다.

그만큼 무림삼대마검이라 불리는 것들의 가치가 어마어마하기 때문이다.

그 첫째가 전설의 벽력궁에서 왔다 전해지는 벽력검신의 애검이었던 벽력검(霹靂劍)이다.

오백년 전 이것을 손에 넣었던 한 낭인이 있었는데 그가 무림에 남긴 흔적은 어마어마한 것이었다.

무림공적(武林公敵).

단 한 마디로 나타낼 수 있을 정도로 그는 수많은 피를 무림에 뿌렸고, 정사연합군에 의해 겨우겨우 처리 할 수 있었지만 벽력검의 행방은 묘연했다.

벽력실혼마(霹靂失魂魔)라 불리게 된 원인도 그와 마주치고도 살아남은 자들의 증언 때문이었다.

검에 모든 정신을 빼앗긴 것 같았다는.

이후 단 한 번도 모습을 드러내지 않았지만, 저주받은 검으로 무림에 잘 알려져 있었다.

또한 검에 숨겨진 힘을 얻기 위해 끊임없이 찾는 자들도 많았고.

두 번째로 만독검(萬毒劍)이 있다.

전체적인 사연은 벽력검과 비슷하지만 결정적으로 다른 것이 있다면 마지막 순간 독기(毒氣)에 짓눌려 검을 쥐었던 자 스스로 녹아내렸다는 것이다.

만독검에 대해선 의견이 분분하지만 한 가지 확실한 것은 결코 나타나선 안 된다는 것이었다.

그 이름처럼 어마어마한 인원을 독에 중독 시켜 죽였었으니까.

당시 독에 있어선 사천당가보다 훨씬 앞서 있다는 독문에서 만독검의 보관을 맡았으나 채 십년이 되기 전. 독문이 무너지고 만독검이 사라졌다.

그것이 삼백년 전의 일이고 이후 만독검은 나타나지 않았다.

마지막으로 혈룡검(血龍劍).

언제부터 이 검이 존재한 것인지에 대해선 누구도 알지 못한다.

다만 한 가지 확실한 것은 이 검을 손에 넣은 자는 천하제일의 무공을 발휘할 수 있다는 것과… 혈마(血魔)라 불린다는 것이었다.

혈마에 대한 기록이 무림 전설 곳곳에 남겨져 있을 정도로 오래된 전설 중의 전설이다.

"그렇다면 이게…."

"혈룡검이죠."

"흠…."

그녀의 설명에 그제야 고개를 끄덕였지만 여전히 휘는 아무런 감흥이 없었다.

아니, 왜 이들이 이렇게 긴장을 하고 있는 것인지 조차도 알 수 없었다.

그제야 뭔가 이상함을 눈치 챈 세경이 물었다.

"장 소협께선 이 검에서 풍기는 기운이 느껴지지 않으세요? 음습하고 몸을 죄여오는 느낌이요."

"…전혀 모르겠는데?"

"…정말이요?"

재차 묻는 그녀를 보며 휘는 얼굴을 찌푸린다.

이들이 대체 무슨 이야기를 하고 있는지 전혀 알 수 없었던 것이다.

'게다가 혈마의 검이라니. 있을 수 없는 일이지.'

휘가 단호히 그리 말 할 수 있는 것은 자기 자신이 바로 혈마의 흔적이나 마찬가지기 때문이다.

혈마제령공은 혈마가 만들어낸 것이었다.

전생을 살면서도 혈마가 남긴 또 다른 무언가가 있다고 들은 적이 단 한 번도 없었다.

'그러고 보니 전생에서 알지 못했던 새로운 것인가? 헌데

혈마가 사용했던 검이라니… 있을 수 없는 일이긴 한데 아주 근거가 없는 것도 아닐 것 같긴 한데.'

궁금증이 일어나는 것은 순식간이었다.

혈마가 남긴 무공은 존재하지 않지만 그가 쓰던 검이 남아 있을 수도 있다고 휘는 생각은 했다.

다만 거기까지였다.

"허… 솔직히 놀랍군. 이 기운을 느끼지 못한단 말인가? 난 수하들에게도 이 기운을 감추기 위해 별짓을 다했었는데 말이야."

"자네 정말 괜찮은가? 아무 이상이 없는가?"

"왜들 그러시는지 모르겠습니다만, 아무 이상 없습니다. 제 눈에는 녹슨 검. 그 이상으론 보이지 않는군요."

그 말에 결국 파가룽과 가득염이 혀를 차며 물러선다.

어차피 자신들의 손을 떠난 일인 것이다.

"혈룡검은 존재만으로도 사이한 기운을 흘리고 거기에 유혹된 자를 잡아먹는다고 전해지죠. 솔직하게 말해서 지금도 전 부담스러워요. 그런데 장 소협께선 아무런 영향을 받지 않는다 하시니… 조금 당황스럽네요."

그녀의 말에 잠시 휘는 피식 웃었다.

"그렇다면 둘 중 하나겠죠. 놈이 날 유혹할 생각이 없거나… 아니면 굴복했거나."

"네?"

파사삭!

그녀의 반문이 끝나기도 전에 혈룡검에서 검붉은 기운이 뿜어져 나오기 시작한다.

떨어져 나가는 녹의 흔적들.

파삭, 파사삭.

작고 기묘한 소리와 함께 서서히 제 모습을 드러내기 시작한 혈룡검의 모습은 그 악명과 달리 너무나 아름다웠다.

당장이라도 하늘을 향해 날아오를 것 같은 용이 양각되어 있는데다, 놈이 물고 있는 붉은 여의주까지.

그 하나만으로도 예술작품이라 불러도 부족함이 없을 듯했다.

"물, 물러서라!"

갑작스런 상황에 미처 대응하지 못했던 파가릉이 정신을 차리자마자 재빨리 손녀를 끌어안으며 뒤로 물러섰고, 그의 외침에 정신을 차린 가득염도 뒤로 피했다.

자리에서 움직이지 않은 것은 단 한 사람.

장양휘 뿐.

우웅— 웅.

용음(龍吟)을 토해내는 혈룡검을 포며 휘는 웃었다.

"웃기고 있네."

스윽.

천천히 손을 뻗어 혈룡검의 손잡이를 쥐는 그 순간.

번쩍!

붉은빛이 방을 가득 채웠다 사라진다.

"…괘, 괜찮은가?"

찰나의 순간이었지만 눈을 감았다 뜬 파가릉은 조심스레 검을 쥐고 있는 휘를 향해 물었다.

"뭐, 별 다른 건 없는 것 같군요."

태연히 대답하며 휘는 검의 이곳저곳을 살폈다.

방금 전까지 뿜어내던 기운은 완전히 사라진 상태 같지만 자신은 느끼지 못했기에 파가릉을 향해 물었다.

"지금도 검에서 기운이 흘러나옵니까?"

"음? 그러고 보니…."

"허!"

놀랍다는 듯 다가서는 세 사람.

몸을 죄여오던 기운이 혈룡검에서 조금도 느껴지지 않고 있었다.

이대로라면 그저 화려하게 만들어진 검. 그 이상도 이하도 아닐 정도로.

"신기한 일이로군."

"이것 참… 뭐라 말을 해야 할지 모르겠군."

파가릉과 가득염이 고개를 흔들었다.

이제까지 들어온 혈룡검에 대한 사실이 잘못되었던 것이던지 그의 손에 쥐어진 것이 혈룡검이 아니던지.

둘 중 하나인데….

방금 전의 상황을 생각한다면 전자에 생각이 기울어지는 것은 어쩔 수 없었다.

"혈룡검이라…."

검을 들어 보는 휘.

그때.

번쩍!

빛과 함께 시간이 멈춘다.

아니, 시간이 멈춘 것처럼 느껴졌다.

-드디어 때가 되었군. 이, 얼마나 기다려왔던가.

'누구냐?'

머릿속으로 목소리가 들려오지만 휘는 의외로 덤덤했다.

자기 스스로 놀랄 정도로.

-난 혈룡검의 주인이자 자네가 익힌 혈마제령공을 만든 장본인. 세상은 날 혈마(血魔)라 불렀지.

'혈마? 진짜 혈마인가?'

-이 순간만을 나는 기다렸다. 내 모든 것을 네게 줄 것이다.

'기다려. 나 이외에도 이제까지 많은 사람이 있었을 텐데, 왜 나지?'

-…허락되지 않은 자가 욕심을 부릴 땐 그에 맞는 응징이 따르는 법. 시간이 그리 많지 않군. 네가 원하는 것을 얻고자 한다면 가라. 혈영곡(血影谷)으로. 그곳에 내 모든 것이 있을 것이니!

'뭐? 어이! 이봐!'

번쩍!

빛과 함께 다시 시간이 흐르기 시작한다.

"무슨…!"

"자네 왜 그러나?"

갑작스런 휘의 행동에 혹시나 하는 생각에 파가룽이 조심스런 눈으로 본다.

그제야 휘는 방금 벌어진 일이 찰나의 순간에 있었던 것임을 알 수 있었다.

모든 일의 원흉이 혈룡검이라는 것도.

"아무것도… 아무것도 아닙니다. 괜찮다면 이 검을 제가 가지고 싶습니다. 얼마를 책정하실지 모르겠습니다만…."

"클클, 가지게. 자고로 보물에겐 주인이 있는 법이니. 하지만 그것이 자네에게 복이 될 런지, 화가 될 런지는 나도 모르겠군."

"모든 것은 제가 감당할 것입니다."

단호한 휘의 말에 가득염은 고개를 끄덕이는 것으로 혈룡검에 대한 모든 것을 포기했다.

애초 자신의 것이 아니라 생각했기에 일말의 망설임도 없다.

다만 그것을 보고 있던 파가룽과 파세경이 걱정스런 눈으로 휘를 보고 있을 뿐.

'혈영곡이라… 또 다른 것이 나왔군. 내가 아는 미래와 조금씩 바뀌는 것 같은데….'

자신이 알고 있는 미래와 조금씩 달라지는 것 같은 모습에 불안하긴 했지만, 아직까진 자신에게 유리한 방향으로 움직이고 있기에 휘는 애써 무시했다.

아니, 미래가 바뀌더라도 상관없었다.

목표는 바뀌지 않을 테니까.

暗器若影
偏歸　4章

4 章

　"금사상단이 무사히 이곳에 들어왔다는 것은 고루마인
이 실패했다는 뜻이로군."

　"마주치지 못했을 확률이 높지 않겠나?"

　"그럴 수도 있지. 아니, 그럴 확률이 무척 높지. 놈들의
실력으로는 고루마인을 뚫고 올 수 없을 테니까."

　마주 한 두 사람은 서로를 보며 피식 웃었다.

　늙은 노인들.

　어디서나 흔하게 볼 수 있는 평범한 인상의 노인들이지
만 조금 다른 것이 있다면 몸에 걸치고 있는 옷부터, 장신
구까지 어마어마한 금액을 자랑한다는 것이다.

　"태양상단을 상대하는 것만으로도 일이 커지는데, 금사

상단까지. 만약을 대비하지 않았다면 크게 경을 칠 뻔했어."

"흘흘, 상인은 만약을 항시 대비하는 법이지 않나."

"그렇지. 그래도 아쉽군, 아쉬워. 최소한의 희생으로 많은 것을 얻을 수 있었는데 말이야."

"어차피 위에서 내려온 명에 따르면 태양상단을 회유하는 것에서부터 시작을 해야 했네. 하지만 금사상단이 합류했으니 굳이 그럴 필요가 없겠지."

"그건 마음에 드는군."

웃으며 찻잔을 드는 노인들.

두 노인은 대막오대상단의 둘. 비사상단과 대륜상단의 주인이었다.

"열풍상단의 일은 어찌 되었나?"

비사상단의 주인 라태진의 물음에 대륜상단의 주인 감영현은 비릿하게 웃어보였다.

"제 놈이 어찌하겠나? 조만간 이 자리에 앉을 것이네."

"후후, 좋은 일이로군. 새로운 세상이 온다면 세상의 모든 돈이 우리를 통하게 될 것이야."

웃으며 잔을 드는 라태진을 보며 감영현 역시 웃었다.

이 두 사람은 이미 일월신교와 함께 하기로 마음먹고 움직이고 있었다.

이유는 단 하나.

그들이 중원 전체의 상권을 인정해 주었기 때문이었다.

금사와 태양에 눌려있길 수십 년.

이젠 뛰어넘을 때가 되었다 생각했다.

"그럼 언제 시작할 예정인가?"

"내일이네."

"전체회의 말인가?"

"후후, 한 번에 쓸어버리기 딱 좋은 자리이지 않나."

"좋네. 그리 알고 나도 준비하도록 하지."

금사도에 있을 수 있는 열흘 중 유일하게 시장이 열리지 않는 하루가 있음이니, 금사도의 문이 닫히고 삼 일째 되는 날이었다.

이날은 금사도에 발을 들인 상인 모두가 한 자리에 모여 회의를 하는 자리로, 이날만큼은 한 사람도 빠지지 않고 한 자리에 모여야 했다.

강제적인 것은 아니지만 서로의 안면을 트기 위한 자리이다 보니 자연스레 반강제적이 되어버린 자리기도 했다.

오아시스가 있는 구역으로 하나 둘 사람이 모여들기 시작하더니, 곧 대부분의 상인들이 자리를 잡기 시작했다.

오아시스의 가장자리를 따라 하나 둘 앉는 사람들.

마지막으로 오대상단의 사람들이 자리를 잡고 앉자, 기다렸다는 듯 오아시스의 중심에 원 형태의 돌이 모습을 드러낸다.

드드드!

촤악-!

징검다리와 함께 모습을 드러낸 무대는 사람 두셋은 족히 올라설 수 있을 만큼 넓었다.

"신기하군요."

"나도 처음 봤을 땐 신기했지. 매번 이 시간이 되면 모습을 드러낸다네. 그래서 회의가 이곳에서 진행이 되는 것이고."

신기해하는 휘를 향해 작은 목소리로 이야기를 해준 파가룽의 시선이 천천히 무대를 향해 움직이는 한 노인을 향한다.

"클클, 다들 오랜만이군. 이 늙은이는 할 말이 그리 많지 않으니 이곳에서 하고 싶은 말이 있는 자는 거수하시게."

모두의 앞에 선 노인.

그는 이곳에 참가한 상단의 주인으로, 금사도에 있을 수 있는 마지막 날 열리는 낙타경주대회에서 지난번에 우승을 한 자였다.

낙타경주대회는 축제 마지막 날 모든 것을 마무리하며 웃으며 헤어질 수 있도록 개최되는 대회로, 참가는 자유였지만 우승할 경우 이 회의의 사회자가 될 권한이 주어진다.

별 것 아니지만 이곳에 온 모든 이들에게 자신의 얼굴을 알릴 수 있는 기회기에 많은 이들이 우승을 위해 노력하고 있었다.

그렇게 기회를 잡은 노인이지만 의외로 말을 길게 하진 않았다.

이 자리에서서 얼굴을 알리는 것만으로도 얻을 수 있는 이득이 작지 않음을 알고 있기 때문이다.

노인의 말이 끝나기 무섭게 여러 명이 손을 들었고, 도주는 한 사람을 택했다.

지명을 받은 사람이 무대로 올라와 이야기를 시작했다.

때론 조언을 구하고, 때론 협조를 구한다.

정보를 나누는 자도 있었고, 손을 잡을 사람을 찾는 자도 있었다.

생각보다 회의는 빠르게 진행이 되었고, 슬슬 끝이 되었다 생각하는 순간.

"허허, 이제 할 말들이 없으면 이 늙은이가 한 마디 하고 싶군."

웅성웅성.

한 사람의 거수와 함께 시끄러워진다.

회의에서 거의 이야기를 하지 않는 오대상단인데, 다른 사람도 아닌 상단주가 직접 손을 들었다는 사실에 놀란 것이다.

"자리로 오시지요, 대륜상단주 감영현님."

"허허, 늙어서 그런 가 도통 움직이기 힘들어 그러니 사회께서 양해를 좀 해주시게. 아무래도 나이가 나이다 보니 징검다리를 건너기 어려워졌어."

그 말에 잠시 주변을 바라보던 노인은 고개를 끄덕이며 허락했다.

이런 경우가 아예 없었던 것도 아니기에 암묵적인 동의를 구한 것이다.

사회를 보는 노인의 허락이 떨어지자 감영현이 자리에서 일어선다.

"아주 지랄을 하고 있네…."

그 모습을 보고 있던 가득염이 얼굴을 구기며 곁에 앉은 파가릉에게 속삭였고, 파가릉은 말없이 고개를 끄덕이며 동의했다.

"이번에는 또 뭔 짓을 꾸미는 것인지… 쯧쯧, 그만큼 벌었으면 이젠 손을 놓을 법도 하건만."

혀를 차는 가득염을 향해 파가릉이 말했다.

"사람의 욕심은 죽을 때까지 끝이 없다 하지 않았던가. 자신을 조절하지 못하는 자는 언젠가 스스로 파멸하게 되는 법일세. 두고 보게. 길지 않을 것이니."

"클클, 자네가 그리 말을 하니 꼭 그리 될 것 같군. 곰탱이가 다른 건 몰라도 이런 건 잘하지."

"쯧."

마지막까지 다투는 두 사람을 뒤로하고 장양휘의 시선이

주변을 향한다.

'놈들이로군.'

서서히 오아시스를 포위하며 다가서는 일단의 무리가 있었다.

그 숫자가 결코 적지 않은 것이 이곳에 드나드는 상인들과 내통하지 않았다면 불가능한 일.

톡톡.

손가락으로 곁에 앉은 세경의 어깨를 두드린다.

"적… 인가요?"

영리한 그녀는 휘의 신호를 곧잘 알아듣곤 얼굴을 굳힌다.

"생각했던 것보다 더 많아."

"괜찮을까요?"

그녀의 물음에 휘는 답하지 않았다.

그러는 사이 감영현이 입을 열었다.

"근래 무림의 움직임이 심상치 않다 들었습니다. 무림은 우리와 관련이 깊은 곳. 그래서 여러분들께 하나를 제안하려 합니다. 흘흘."

감영현의 말이 끝나기 무섭게 비사상단의 주인 라태진이 자리에서 일어섰다.

"우리는 무림과 손을 잡고 중원을 손에 넣을 것이오! 거기에 동참할 사람은 손을 드시오! 일생일대의 기회가 될 것이니…!"

"미친놈들!"

버럭 소리를 지르며 자리에서 일어선 것은 가득염이었다.

분노로 가득 찬 그의 얼굴.

"관과 무림이 별개이듯! 무림과 상계는 별개다! 어찌 상인의 긍지를 버리고 무림문파에 고개를 숙이고 들어간단 말인가!"

그의 소리에 동조하는 상인들이 적지 않았다.

하지만 그 순간 파가릉은 보았다.

아무런 행동을 취하지 않는 자들이 반절을 넘고 있다는 것을.

그것이 뜻하는 바는 하나.

"허허…! 이미 늦었구나."

허탈하게 웃으며 그가 자리에서 일어나, 뭐라 더 떠들려는 가득염의 어깨를 잡아 말리며 앞으로 나섰다.

"네놈들은 이미 준비를 마쳤구나. 이곳 금사도에 외인들을 끌어들이다니!"

"클클, 늦었소이다."

츠츠츳! 츳!

정확히 핵심을 집는 파가릉의 말에 놀라긴 했지만 두 사람은 웃으며 손을 들었고, 곧 작은 기척과 함께 흑의인들이 빠른 속도로 모습을 드러낸다.

사람들을 완벽하게 포위한 모습.

갑작스런 상황에 당황하며 일어서는 자들이 있었지만, 반대로 알고 있었다는 듯 침착하게 한곳으로 움직인다.

　"이건…!"

　"벌써 반이 넘게 놈들에게 넘어간 모양일세."

　"자, 자넨 알고 있었나?! 이렇게 될 것이란 것을?!"

　흥분해 소리치는 그에게 파가릉은 휘를 손가락으로 가리키며 말했다.

　"장 소협이 없었다면 난 이미 이 세상 사람이 아니었을 것이네."

　"뭐, 뭐?!"

　처음 듣는 소리에 그가 놀라고 있을 때.

　휘가 나섰다.

　"다 떠들었으면 나오지?"

　그의 시선이 감영현과 라태진을 지나.

　둘의 뒤에 시립해 있는 한 사내에게 향한다.

　"……."

　"나와. 늙은이들 괴롭히지 말고. 거기서 그러고 있는 것도 답답할 텐데 말이야. 그렇지?"

　놈을 보며 휘는 빙긋 웃었다.

　"광견(狂犬)."

　"…이거 놀랍군."

　터벅.

　두 사람 사이를 뚫고 앞으로 나서는 사내.

무표정하다 못해 차가워 보이는 인상을 지닌 중년인의 등장에 사람들의 시선이 휘와 그를 향한다.

갑작스런 상황을 제대로 이해하지 못한 것이다.

다만 미리 이야기를 해놓았던 파가릉이 조용히 파세경과 함께 사람들 사이로 숨고 있었다. 가득염을 이끈 채.

"아직 날 알아보는 사람이 있을 줄은 몰랐군."

"광… 견?"

"어디서 들어본 것 같은데?"

광견이란 이야기에 수군대는 상인들.

정보에 민감한 그들이기에 어지간한 무림인들의 별호는 다 알고 있지만 광견이란 별호는 처음이었다. 아니, 흔하긴 했다.

동네마다 하나씩 있다고 봐도 될 정도니까.

다만, 무림에 알려질 정도로 유명한자는 없었다.

그럼에도 불구하고 어디선가 들어본 것 같아 고민하고 있을 때 한 사람이 창백해진 얼굴로 외쳤다.

"광견 임하상!"

"헉! 그 광견?!"

깜짝 놀라 뒤로 물러서는 상인들.

그제야 그에 대해 떠오른 것이다.

광견 임하상.

또 달리 절하곡의 파괴자라 불리는 그를.

"이런 주변이 좀 시끄럽군."

주변이 마음에 들지 않는다는 듯 그가 가볍게 손을 휘두르고.

푸확—!

피가 하늘로 치솟았다.

떠들어 대던 상인의 목을 정확히 쳐낸 것이다.

'발검술(拔劍術)은 여전하군.'

휘의 눈으로도 쫓는 것이 어려울 정도로 빠른 검을 가진 사내가 바로 광견이었다.

일월신교 안에서 광견의 또 다른 이름이 광검(光劍)일 정도였으니까.

"으아아악!"

"으악!"

멍하니 솟아오르는 피를 보고 있던 사람들이 뒤늦게 비명을 지르며 물러선다.

확연히 양쪽으로 갈리는 자들!

"대, 대협! 이건 약속이…."

"그자들은 저희 휘하의…."

"시끄럽군."

"……."

다급히 그의 곁에서 떠들어 대던 두 사람의 입이 다물어진다.

광견의 몸에서 뿜어져 나오는 살기를 감당할 수 없었다.

어지간한 무림인도 견디기 어려운 것을 약간의 호신 수준으로 무공을 익힌 두 사람이 견딜 리 만무한 것이다.

그것은 동시 광견의 신호였다.

더 이상 기어오르지 말라는.

'이건…!'

'뭔가 잘못됐다!'

두 사람의 머릿속을 스쳐 지나가는 수많은 생각들.

하지만 이미 때는 늦었고, 자신들은 일월신교란 배에 오른 뒤였다.

"이제 좀 마음에 드는 군. 넌 누구지? 너 같은 놈이 있다는 정보는 듣지 못했는데 말이야."

"글쎄… 내가 누군지 알 자격이 넌 있을까?"

"호! 광견이라 불리는 내가 자격이 없다? 허면 어떤 이름을 가져와야 네놈의 이름을 알 수 있을까?"

여전히 무표정한 얼굴이지만 그의 눈가에 스쳐 지나가는 살기를 휘는 정확히 읽어냈다.

"내 이름을 알고 싶다면 최소한… 오각주(五閣柱)는 되어야 하지 않을까?"

"…네놈! 누구냐!"

"넌 질문할 자격이 없다니까."

고오오-.

휘의 말이 떨어지기 무섭게 광견의 몸에서 지금까지와 비교 할 수 없는 살기가 흐르기 시작했다.

그 진득한 살기에 주변에 있던 상인들이 다급히 뒤로 물러선다.

"살아 돌아갈 생각은 버려야 할 것이다."

살기 가득한 눈으로 자신을 바라보는 놈을 향해.

휘는 웃었다.

"할 수 있다면."

발검은 검의 기초로 불린다.

검을 뽑아드는 그 짧은 시간이 생사(生死)를 가를 수도 있기 때문이다.

하지만 무림 대부분의 문파에선 발검에 대해 수준 이상으로 가르치진 않는다.

당연한 이야기다.

익혀야 할 무공이 까마득한데 발검만 죽어라 닦고 있을 순 없기 때문이다.

게다가 경지에 이르고 나면 어지간한 발검으론 상대를 제압 할 수 없기에 굳이 가르치지 않는 것이다.

하지만 발검에 목숨을 거는 자들이 없는 것은 아니었고, 그 대표적인 인물이 바로 광견이었다.

그가 살인을 조금만 덜 저질렀다면 광견이란 별호대신 광검이란 별호가 중원 전역에 퍼졌을 것이다.

그만큼 발검에 있어선 무림에서 한 손에 꼽을 실력자가 바로 그인 것이다.

번쩍!

빛이 흐른다 싶은 순간 휘가 머리를 숙이고.

스컥!

머리 위로 광견의 검이 스쳐지나간다.

눈에 보이지 않을 정도의 쾌검!

더 놀라운 것은 어느 사이에 그의 검이 다시 검집으로 들어가 있다는 것이었다.

뽑힘과 동시 돌아가는 것.

그에게 있어 발검은 곧 그의 모든 것이자, 끝이었다.

'여전히… 압도적이로군.'

파바밧!

쉬지 않고 날아드는 검을 빠르게 움직여 피해내지만, 옷자락이나 머리카락이 베이는 것은 어쩔 수 없다.

퉁.

쩡-.

하지만 먼저 이상하다는 것을 눈치 챈 것은 역시 광견이었다.

철컥.

검을 집어넣은 그가 뒤로 한 걸음 물러선다.

"네놈… 뭐지? 분명 닿았는데."

광견의 시선이 휘의 왼팔을 향한다.

날카롭게 베인 옷자락 안으로 상처하나 없는 팔뚝이 모습을 드러낸다.

"내가 말했잖아. 너 정도론 안 된다고."

웃으며 말을 하곤 있지만 휘 역시 긴장하고 있었다.

마지막 순간 피했다 생각했건만 닿고 만 것이다.

자신의 예상을 뛰어넘는 발검속도였다.

"쯧."

짧게 혀를 차는 광견.

"어쩔 수 없지."

슥.

그의 손이 올라가자 주변을 포위하고만 있던 흑의인들이 일제히 움직이기 시작했다.

"내가 제일 잘하는 방식으로 해야지."

씩.

무표정한 얼굴을 버리고 웃는 놈의 눈에 광기가 서린 다.

쾅직!

"아악!"

"사, 살려… 억!"

여기저기서 터져 나오는 비명.

금사도가 피로 물들기 시작하고, 광견이 휘를 향해 몸을 날린다.

"제대로 놀아보자고!"

방금 전까진 장난이었다는 듯 그의 몸에서 막대한 기운 이 흘러나온다.

번쩍!

쐐액-!

빛과 함께 허공을 가르는 검.

눈보다 먼저 육감의 위험 신호에 뒤로 물러섰던 휘의 앞으로 스쳐지나가는 놈의 검.

철컥. 핏. 철컥. 핏.

규칙적으로 들려오는 소리.

그것은 광견의 검이 검집으로 돌아왔다, 발검되는 행동의 반복으로 나는 소리였다.

단순히 발검의 연속일 뿐이지만.

눈앞에서 상대하는 그의 검은 완성된 검술이었다.

'역시 서열 백 위 안의 고수란 말이지.'

할짝.

고속으로 움직이는 와중에 입술을 훑는 혀.

동시 그의 시선이 파가릉들을 향한다.

사람들의 중심에 파고들어 눈에 띄지 않으려 노력하고 있었지만, 얼마나 버틸지는 알 수 없다.

각 상인들이 데려온 호위들이 제법 버티곤 있지만 그 숫자가 너무 적었고, 흑의인들과의 실력차이도 심했다.

즈컥.

그때 눈앞을 스쳐지나가는 광견의 검.

휘날리는 머리카락.

"어딜 보는 게냐! 크하하하!"

광기에 물든 듯 흥분한 채 소리를 지르는 광견.

미친개가 덤벼들 듯 쉬지 않고 달려드는 놈을 보며 왜 별호가 광견인지 새삼 깨달으며 휘의 왼발이 강하게 땅을 굴린다.

쿠웅!

묵직한 소리와 함께 몸으로 전달되는 기운을 회전시키며 오른 주먹에 집중시킨 휘가 날아드는 놈의 검을 향해 주먹을 휘둘렀다!

쩌어어엉!

검과 주먹이 허공에서 정면으로 부딪친다.

그림처럼 부딪친 채 조금의 미동도 없는 둘.

우웅- 웅.

"애송이!"

"지랄하고 있네!"

믿을 수 없다는 듯 소리 지르는 놈을 향해 일순 몸을 날려 파고든 휘가 오른발로 놈의 복부를 후려갈긴다!

퍽!

"큭!"

불의의 일격에 뒤로 물러서며 인상을 쓰는 광견.

뒤를 쫓으려 할 때 어느 사이에 나타나 자신을 향해 달려드는 흑의인 둘!

"이것들이!"

쾅!

순간 자신의 앞을 막은 둘을 향한 분노.

그 분노가 고스란히 두 주먹에 서렸고, 주먹에 실린 힘은 단숨에 놈들의 머리를 박살내 버린다.

스슥. 슥!

잠시 멈춘 것뿐인데.

어느 사이에 다수의 흑의인들이 모습을 드러내고 있었다.

귓가에 여전히 들리는 비명소리가 놈들 중 일부가 이곳으로 향했다는 것을 알려준다.

"그래. 네놈이 제법 한다는 것은 알겠다. 하지만 한 손이 다수를 이기지 못하는 법이지."

다수가 공격하는 것에 조금도 부끄러움이 없는 광견의 말에 휘는 진심으로 그를 비웃었다.

"지랄하네."

척!

그리곤 자리에 멈춰 서서 놈을 향해 손가락을 까닥였다.

"떠들지 말고 덤벼 새꺄."

"…이노오옴!"

자신의 도발에 소리치는 광견을 보며 휘는 다시 한 번 비웃으며 말했다.

"입으로 떠들지만 말고, 덤벼."

할짝.

습관적으로 입술을 적시는 혀.

"진짜 싸움을 보여 줄 테니."

"죽여! 죽여라!"

"덤벼."

骑店墨逐归 5章

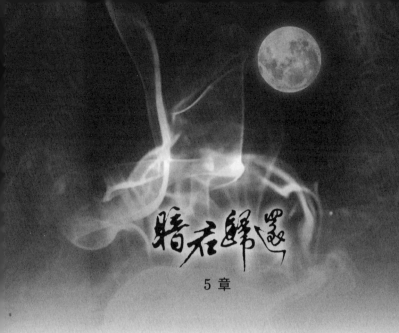

昏者歸還

5 章

쩌엉!

몸을 울리는 충격과 귀를 때리는 굉음.

그 결과는.

푸화확−!

사방에 피어오르는 피.

날아가는 육신들.

학살(虐殺).

그 단어 이외엔 도저히 떠오르는 것이 없다.

"마, 말도… 안 돼!"

비명을 내지르는 광견.

자신의 눈앞에서 벌어지는 상황을 그는 도저히 믿을

수가 없었다.

독하기로는 일월신교 내에서도 따를 자가 없다는 자신의 수하들이 놈에게 상처하나 입히지 못하고 있었다.

아니, 접근하는 족족 죽어가고 있었다.

투확-!

거칠게 내 뻗은 주먹질에 터져나가는 흑의인의 머리.

둔탁하게 전해지는 그 느낌에 휘는 짧게 혀를 찼다.

'아직 연결이 매끄럽지 못하네. 시간이 좀 더 필요하려나?'

스슥.

머릿속이 복잡하지만 그의 몸은 감각적으로 움직인다.

쉬지 않고 발을 놀리며 접근하는 놈들의 품으로 파고들어, 온 몸을 사용해 공격한다.

어지간한 공격은 피해내지만 그럴만한 여유가 되지 않는다 싶으면 휘는 거침없이 자신의 몸을 내밀었다.

놈들로선 자신의 몸에 상처 하나 낼 수 없다는 자신감의 발로.

떠덩! 떵!

생각처럼 놈들의 검은 허무하게 휘의 몸을 두드리고 튕겨난다.

'그래도… 뭐, 나쁘진 않네.'

콰직.

환생전의 육체는 그야 말로 완성된 육체였다.

여러 가지 면에서.

하지만 지금의 육체는 아직 미완성.

미묘하게 몸에 전달되는 반응이 느렸다.

당장 문제가 되는 것은 아니지만, 이후에는 문제가 될 소지가 다분하지만 휘는 개의치 않았다.

어차피 시간이 해결해줄 문제이기 때문이다.

이는 휘가 전생에서도 겪었던 것으로 시간이 갈수록 몸의 움직임과 반응이 더 좋아질 것이었다.

그보다 휘가 신경 쓰이는 것은 후방의 움직임이었다.

자신에게 많은 놈들이 집중되어 있긴 하지만 아직도, 몇몇이 상인들이 몰린 곳에서 움직이고 있었다.

이번 기회에 확실히 자신들을 따르지 않는 상인들을 치워버리겠다는 뜻.

다행히 파가릉들이 자신의 뜻대로 상인들의 안쪽에 숨으며 시간을 벌곤 있지만 언제 여유가 없어질 런지 알 수 없다.

'아직 놈이 생각지 못하고 있는 것 같지만… 길진 않겠지.'

당장 눈에 보이는 일월신교 무인들의 숫자만 해도 수십.

이들이 작정하고 자신을 무시하고 움직인다면 제 아무리 휘라 하더라도 파가릉들을 무사히 구할 수 있을 것이라 생각 할 수 없었다.

그렇기에… 휘는 놈을 도발했다.

"뭐야, 이게 전부야? 이런 장난질로는 날 어떻게 하지 못한다고."

"……."

"일월신교."

"…네놈. 누구냐?"

일월신교란 말에 더 없이 차가워진 눈으로 광견이 묻는다.

당장이라도 터질 것 같이 흥분하던 놈은 없고, 차갑디 차가운 얼음과 같은 얼굴로 휘를 바라본다.

"자격이 없다니까?"

웃으며 대답하는 장양휘를 뚫어져라 쳐다보던 광견.

그가 수하들에게 명령을 내린다.

"상인 놈들의 처리는 미룬다. 육행파절진을 펼친다."

"존명!"

츠츠츠.

그의 명이 떨어지기 무섭게 장양휘를 중심으로 흑의인들이 한명도 빠짐없이 모여든다.

근 백에 이르는 인원으로 펼쳐지는 육행파절진.

많으면 많을수록 강한 위력을 발휘하는 육행파절진 답게, 일전 상대했던 것과는 비교도 할 수 없는 강대한 압박이 휘를 몰아친다.

휘휙– 휙.

시끄럽게 자신을 중심으로 움직이는 놈들.

아직 제대로 된 공격을 하지 않고 있지만 육행파절진 특유의 기운은 중앙에 선 상대를 움직이지 못하게 만든다.

게다가 이만한 숫자라면… 설령 무림의 누구라 하더라도 자신 있는 것이 그들이었다.

'대체 어떤 놈이란 말인가? 본교의 이름을 알고 있을 뿐만 아니라, 우리의 정체를 정확하게 파악하고 있었다. 어디선가 정보가 흘러나갔다는 건가?'

상황을 지켜보는 광견의 얼굴이 일그러진다.

교의 정보가 흘러나가지 않고서야 이런 일이 벌어질 리없다는 것이 바로 그의 판단.

'죽이진 못하겠지만… 최소한 분풀이는 해야 하겠지.'

놈에게서 정보를 캐내기 위해선 죽일 순 없다.

하지만 죽은 수하들을 위해서라도 사지 멀쩡히 내버려둘 생각은 없었다.

한편 육행파절진의 중심에 선 휘의 얼굴은 편안했다.

몸을 죄여오는 기운도 그에겐 아무런 영향을 끼칠 수 없었다.

귀찮기는 했지만 이 정도도 이겨내지 못할 정도라면 처음부터 나서지도 않았을 것이다.

'광견이라 다행이네.'

솔직한 휘의 심정이었다.

이번 계획에 대해 알고는 있지만 책임자가 누군지 몰랐는데, 그것이 광견이었다.

서열 백 위권의 고수를 보냈으니 또 다른 자가 있지는 않을 것이다.

만약 다른 자가 왔다면 자신의 공격이 먹히지 않는 상황에서 물러서거나, 또 다른 계획을 세웠을 것이다.

하지만 광견은 그러지 않았다.

자신을 잡으면 모든 것이 해결 될 것이라 믿고 움직이고 있었다.

'하긴 한 번 물면 떨어지지 않는다고 해서 광견이라 불렸으니… 이번이라고 다를 것은 없겠지. 그건 곧 내게 기회라는 이야기고.'

그때.

놈들의 공격이 시작되었다.

쐐애액!

허공을 가르며 날아드는 검을 보며 휘는 움직였다.

이젠 놈들에게 공포를 심어줄 시간이었다.

"…완전히 다른 사람이로군."

"대체 어디서 저런 자를 구한 것인가?"

멍하니 중얼거리는 파가룽에게 가득염이 굳은 얼굴로 물었다. 이유도 모르고 끌려왔지만, 그걸 탓할 생각은 없었다.

덕분에 목숨을 구했다는 사실을 잘 알고 있으니.

그의 물음에 답한 것은 파가룽이 아니라 파세경이었다.

"말씀드렸잖아요. 저희를 구해주셨다고."

"…그게 전부더냐?"

"네."

"…그가 배신을 할 수도 있다는 생각은 하지 않았던 것이냐?"

그 물음에 파세경은 어지럽게 움직이는 휘에게서 눈을 돌려 그를 보며 말했다.

"믿을 수 있는 눈을 하고 있었으니까요."

"그것이 전부더냐?"

"네."

단호한 그녀의 대답에 가득염은 웃지 않을 수 없었다.

동시 파세경에 대한 지금까지의 판단을 더욱 상향 할 수밖에 없었다.

'어쩌면 이 아이로 인해 상계 전체가 흔들릴 수도 있겠구나.'

가득염의 머릿속이 복잡해질 때 파가릉이 세경을 향해 물었다.

"상황을 어떻게 보느냐? 괜찮겠느냐?"

"경험은 할아버지가 더 많으니 제가 물어야 할 것 같네요."

"허허, 이 늙은이의 눈으론 도저히 쉽게 판가름 할 순 없구나. 하지만… 이 가슴이 말하길 그를 받아들인 것은 천운 그 자체라는 구나."

"그럼 그것으로 된 것이겠죠."

파가릉의 말에 세경은 웃으며 되받았다.

아악!

그때 비명과 함께 휘의 손에 또 하나의 흑의인이 죽어간
다. 멀리서도 선명하게 보이는 휘의 웃음.

그 웃음에 파가릉이 얼굴을 찌푸린다.

"하나 걸리는 것이 있다면… 싸울 때의 그는 무섭도록
다른 사람이라는 것이로구나. 이건 마치…"

"미친 사람 같다는 이야기죠?"

"…그래. 이 자리에 있는 모두를 털어도 그가 가장 미쳐
있을 지도 모르겠구나."

"제 눈에도 그렇게 보여요. 저 웃음이 저희에게 향하지
않도록 하는 것이 우리 책임이겠죠."

손녀의 말에 파가릉의 시선이 그녀를 향하지만, 이미 세
경의 눈은 휘를 따르고 있었다.

그 모습에 파가릉은 허탈하게 웃었다.

'마음을 빼앗겼구나. 이것이 과연 네게 복이 될 런지…'

머릿속이 복잡해지지만 파가릉은 끝내 머리를 흔들며 털
어내었다.

당장 지금으로선 그가 할 수 있는 것이라곤…

두 사람을 믿는 것뿐이었다.

"허허… 나도 늙었구나."

오늘따라 유독 부쩍 늙어버린 자신의 나이가 가까이 다
가왔다.

부르르–!

"뭐야? 무슨 일이야?"

조용히 서 있다 말고 갑작스레 몸을 떠는 여인.

비록 어둠에 가려 얼굴은 잘 보이지 않지만 어둠을 따라 보이는 육감적인 몸매는 쉬이 찾아보기 어려울 정도다.

"시끄러."

몸을 떤 자신보다 더 입을 놀리며 떠들어대는 동생을 향해 그녀가 차갑게 말하자 사내의 입이 빠르게 다물어진다.

"실수하지 마. 죽여 버릴 거니까."

"아, 알았어…."

이어진 그녀의 말에 사내의 어깨가 축 늘어진다.

그때.

끼이익–

날카로운 소리와 함께 목표로 했던 집의 문이 열린다.

"잊지 마."

마지막까지 경고하며 그녀가 크게 몸을 움직이자 드러나는 활.

순식간에 시위에 걸린 화살 세 개.

"알았다니까. 내가 어린애도 아니고…."

"가."

"쳇!"

누나의 말이 떨어지기 무섭게 사내가 신형을 날리고.

두 번의 숨을 내쉰 그녀가 시위에 걸린 화살을 놓았다.

피핑!

쐐애액-!

어둠을 뚫고 화살이 빠르게 날아간다.

'예감이 나빠. 최대한 빨리 합류해야 하겠어.'

그녀의 눈이 차갑게 빛난다.

❖

날카롭게 날아든 검이 심장을 노린다.

검은 당장이라도 심장을 꿰뚫을 것 같지만 어느 새 검의 궤적으로 다가선 손이 가볍게.

아주 가볍게 검면을 때리자 궤적이 엇나가며 허공을 찌르고야 만다.

찰나의 순간 방향을 전환하려 했지만, 그보다 먼저 그가 품으로 파고들었다.

동료를 돕기 위해 사방에서 검을 내밀지만…

쿠오오-

자신의 얼굴을 향하는 주먹을 보며 사내는 눈을 감았다.

'늦었다.'

콰직, 펑!

그것이 사내의 살아생전 마지막이었다.

단숨에 머리를 날려버린 휘는 곧장 발을 놀려 좌우에서 날아들던 검을 한 번에 피해낸다.

하지만 뒤편에서 날아드는 검은 피할 수 없었다.

아니, 피할 생각이 없었다.

따다당! 땅!

검으로 사람의 몸을 베었건만 있을 수 없는 소리가 퍼져 나간다.

옷은 벨 수 있었지만 휘의 몸엔 상처하나 낼 수 없었다.

"꺼져!"

파파팟!

휘의 발이 빠르게 사방을 훑고.

"크아악!"

"컥!"

비명과 함께 물러선다.

그중엔 돌이킬 수 없는 내상을 입은 자들이 적지 않았다.

그렇게 연신 당하면서도 그들은 합격진을 포기하지 않았다. 오직 그것만이 살길이라는 듯.

으득!

뒤에서 지켜보고 있던 광견은 이를 악물었다.

상황이 불리해지고 있는 것은 알지만 물러선다는 생각은 조금도 하지 않았다.

금사도란 특수함 때문이 아니었다.

실패한 자에게 자비를 베푸는 곳이 아니기 때문이다.

일월신교는.

살기 위해선 반드시 이번 임무를 해결해야 했다.

수하들을 희생하는 한이 있더라도.

'빌어먹을!'

으드득!

다시 한 번 이를 악물어 보지만 상황은 달라지지 않는다.

지칠 법도 하건만 놈은 그런 기색이 전혀 없었다.

육행파절진 특유의 기운 속에서 저렇게까지 자유롭게 움직이는 사람이 있을 것이라곤 생각지 않았다.

그만큼 육행파절진에 대한 믿음은 대단한 것이었으니까.

'이젠 인정해야 한다. 놈이… 강하다는 것을!'

이를 악문 그가 육행파절진 안으로 뛰어들었다.

놈이 지칠 것을 기다리며 수하들을 계속해서 희생시키느니 자신이 직접 뛰어들어 놈의 목을 노리는 것이 더 확률이 높다 판단한 것이다.

그 판단의 기초에는 흔들리지 않는 휘의 움직임이 있었다.

'걸렸다.'

하지만 그 순간 휘는 회심의 미소를 속으로 지었다.

아무리 휘라 하더라도 육행파절진이 가지고 있는 힘의 영향을 받지 않는 것은 아니었다.

힘으로 떨쳐내곤 있지만 시간을 끌면 어려움에 처하는 것은 자신이었다.

물론 전부 쓸어버리는 것은 변함없지만, 시간이 걸리는 것은 어쩔 수 없는 일.

그렇기에 놈이 뛰어든 것을 휘는 반겼다.

최대한 빠르게 정리 할 수 있을 테니까.

휘잉…

시작은 조용했다.

몸 안에 넘쳐흐르는 내공을 끌어올리며 회전시켰다.

천천히, 천천히 빠르게.

몸 안에서 들려오는 소리가 점차 커지기 시작했을 땐, 외부에서도 휘가 힘을 집중시키는 것이 드러나기 시작했다.

우웅– 웅.

몸 주변으로 붉은 기운이 선명하게 보일 정도로 막대한 기운이 흐른다.

내공의 흐름이 색으로 눈에 보일 정도라면 그 밀도는 말하지 않아도 알 수 있을 정도.

"쳐라! 놈이 무슨 짓을 할 지 모른다!"

그것을 확인한 광견이 다급히 소리쳤고, 그에 일제히 휘를 향해 검을 휘두르는 수하들.

따다당! 땅!

이제까진 몸을 움직이며 피해내던 휘였지만 이번엔 달랐다.

정중앙에 자리를 잡고 선 채 조금의 미동도 하지 않았다.

날아드는 검은 오직 몸으로 버텨낸 것이다.

그중에는 내공이 실린 것도 적잖았지만 개의치 않았다.

"비켜라!"

결국 광견이 나섰다.

스팟!

흐름에 따라 뒤편에 있던 그가 순식간에 전면에 모습을 드러내더니, 휘의 앞에 섰다.

그와 함께 그의 검이 빛을 내뿜었다.

번쩍!

떠어엉!

단숨에 갈라버리겠단 그의 의지와 달리 애처롭게 튕겨나는 검.

으드득!

이에 이를 악문 그가 아예 대놓고 검에 내공을 집중했다.

우우우!

울음을 토해내는 검.

그리고 검 위로 선명하게 떠오르는 강기(罡氣)!

촤아아-.

자연스럽게 솟아오르는 것이 아닌 내공의 힘으로 만든 것이라 불안정하게 흔들렸지만, 강기는 강기!

"죽엇!"

쿠오오오!

검강을 완성시킨 광견이 검을 휘두른다!

허공을 가르는 기괴한 소리가 울리는 그때.

또 다른 소리가, 울림이 모두에게 퍼진다.

덜덜덜.

콰우우우!

지진이라도 난 듯 흔들리는 대지와 몸을 오싹하게 만드
는 짐승의 괴성.

모두가 들었지만, 단 한 사람.

광견은 듣지 못했다.

그의 눈과 감각은 오직 휘만을 향하고 있었으니까.

그렇기에 다른 이들은 볼 수 있었다.

휘의 몸을 휘감고 타고 오르는 혈룡(血龍)을!

"혈룡진천하(血龍震天下)."

콰작.

피어오른 용은 순식간에 광견의 검강을 집어 삼키고.

광견을 집어 삼키고.

흑의인들을 집어 삼킨다.

휘의 적은 단 하나도 남겨두지 않겠다는 듯.

쿠아아아아아!

세상이 뒤집혔다.

❖

쏴아아아–!

철퍽, 철퍽!

쏟아지는 물줄기에 몸을 맡기자 붙어 있던 무언가가 덕지덕지 떨어져 내간다.

구륵, 쿠르륵.

기묘한 소리를 내며 밖으로 흘러나가는 핏물.

투명한 물과 섞이며 기묘한 색을 만들어진 그것들은 쏟아지는 물만큼이나 빠르게 사라지지만, 휘의 몸에선 끊임없이 핏물이 쏟아진다.

몸에 달라붙은 살점들과 함께.

결코 자신의 것이 아닌, 타인의 것.

적들의 피와 살을 휘는 물에 흘려내고 있었다.

"이제 좀 낫군."

한참을 씻고 나자 몸에서 나는 혈향이 사라지는 것 같다.

물론 당장 완벽하게 없앨 순 없지만, 이전과 비교하면 아예 안 나는 것과 마찬가지다.

"오랜만이었는데… 제대로 되긴 되네."

꾸욱.

주먹을 쥐자 방금 전의 강렬했던 힘의 폭발이 아직도 몸에 남아있는 것 같았다.

움찔, 움찔.

하지만 말과 다르게 몸 곳곳에서 근육이 움찔대며 고통의 신호를 보내고 있었다.

완벽해지지 않은 몸으로 대규모 힘을 발출하다 보니 생긴

반동이었다.

"이건 꽤나… 괴로운데?"

욱씬, 욱씬.

절로 인상을 찌푸릴 정도다.

전생에선 몸이 완벽하게 강시화 되어버렸기에 아무런 고통을 느끼지 못했지만, 지금은 아니었다.

조금이긴 하지만 고통이 느껴지는 것이다.

그렇다고 해봐야 근육통 정도였지만, 그것만으로도 새로운 경험을 하고 있는 장양휘다.

"그래도 나쁘진 않아. 나쁘진."

쏴아아아-!

다시 한 번 물을 맞으며 그가 몸을 씻어 내린다.

그렇게 휘가 몸을 씻고 있을 때 금사도의 상인들은 한 자리에 모여 있었다.

오아시스를 떠나 초원이 있는 구역으로 자리를 옮겨서.

아무리 상인들이 별꼴을 다 보고 다닌다지만, 산산조각나다 시피 한 시체들의 산. 그 곁에서 멀쩡히 회의를 진행할 순 없었던 것이다.

아직도 대부분은 얼굴이 창백한 것이 속이 좋지 않아 보였다.

금사도가 개방된 이후 처음 있는 일이었다.

이렇게까지 대규모 살육이 일어난 것은.

하지만 그보다 사람들을 놀라게 한 것은 믿었던 상인들의 배신이었다.

이득을 쫓아 움직이는 것이 상인이라곤 하나, 금사도에 들어 올 수 있을 정도의 자들이라면 충분히 자기 앞가림은 한다.

그 말은 돈을 쫓아 악인(惡人)을 따르지 않아도 된다는 것이고, 같은 동지들을 배신하지 않아도 된다는 뜻.

그럼에도 불구하고 저들은 등을 돌렸다.

으득!

이를 악문 가득염의 눈이 당장이라도 줄에 묶인 상인들을 불태워 버릴 듯 타오른다.

소란에 휩쓸려 죽은 자들이 적지 않지만 그래도 수십에 이르는 인원이 묶인 채 무릎 꿇려져 있었다.

욕을 쏟아내도 부족하지 않을 것 같은 얼굴을 하고서도 가득염이 입을 열지 않은 까닭은 간단했다.

파가룽이 입을 열지 않았기 때문이다.

이번 사태에서 자신들을 구해 준 것이 파가룽이 데려온 사내라는 것을 모르는 사람은 없고, 그러다보니 자연스레 그가 중심이 되어 있었다.

그런 상황에서 자신이 나설 만큼 그는 머리가 나쁘지 않았다.

말없이 그들을 보고 있던 파가룽은 긴 한숨을 내쉬며 고개를 숙이고 있는 비사상단주 라태진에게 말했다.

"왜… 그랬나? 천금(千金)을 지닌 자네들이 재물욕이 생겨 이런 일을 벌이진 않았을 터. 왜였나?"

"……"

"왜 대답을 하지 않는겐가! 그대들 때문에 죽은 동료들이 몇이나 되는 것인지 알고 있는 것인가!"

결국 놈들의 침묵에 파가룽 역시 화가 나 소리 지른다.

아니, 그 뿐만 아니라 살아남은 상인들 대부분이 분노하고 있었다.

대막오대상단은 꼭 상단의 크기만으로 정해지는 것이 아니었다. 그들이 밑에서 자라오는 상인들을 보호해주고 함께 성장했기에 존경의 표시도 담겨 있는 것이었다.

그런 믿음을 이들은 쉽사리 걷어 차버린 것이다.

그때 입 다물고 있던 대륜상단주 감영현이 웃었다.

"큭… 크크크. 아하하!"

"…뭐가. 대체 뭐가 그리 우스운 겐가?"

"어찌 우습지 않느냐! 우리가 왜 저놈들과 손을 잡았는데! 다 네놈 때문이지 않더냐! 네놈만 아니었어도 대막의 모든 것은 우리 것 이었다! 헌데, 네놈. 네놈의 그 알량함이 우리를 괴롭혔다!"

"난 그런 적이 없다. 그리고 대막은 누군가의 것이 아니라 모두의 것이다!"

"크크큭. 그것 봐라… 그 알량함이 모두를 망친 거다. 우리가 왜 천금을 손에 쥐고도 중원 상단에게 무시당하는 것인지 누구보다 네놈이 잘 알고 있지 않느냐? 이건 기회다!
우리 대막상단이 중원상단 놈들을 무릎 꿇릴 절호의 기회!"

목이 터져라 소리 지르는 그를 보며 파가릉은 허탈하게
웃었다.

설마하니 다른 것도 아니고 저딴 이유 때문일 줄은 몰랐
다.

"겨우, 겨우 그것 때문에 저 많은 사람이 죽어야 했나?"

"그래. 끝까지 넌 잘난 놈이로구나. 흐흐흐… 하지만 그
들을 막을 순 없을 거다. 어떻게 운이 좋아 이번엔 살아남
았지만 그들은 아직 제대로 된 힘도 쓰지 않았다. 흐흐, 흐
하하하! 지옥에서 지켜보마!"

콰직!

미친 듯 웃던 감영현이 이를 악물었고.

순간 무엇인가가 부서지는 소리가 들리더니, 금세 그의
얼굴이 검게 물들어간다.

덜썩.

눈 몇 번 깜빡거리기도 전에 죽음을 맞을 정도로 강력한
독(毒)!

그 모습에 깜짝 놀라고 있을 때.

"지옥에서 즐겁게 기다리마. 일월신교의 행사에 너희 역
시 곧 우리를 따라 올 것…."

콰직.

"이런! 막아라!"

뒤늦게 정신 차린 파가릉이 소리쳤지만 때는 늦었다.

감영현의 뒤를 이어 라태진이 독단을 깨물었고, 기다렸다는 듯 두 사람에게 동조한 자들이 독단을 깨물었다.

"히익!"

"나, 난 아냐! 난 그냥… 그냥!"

모두가 죽은 것은 아니었다.

하지만 한 눈에 봐도 그들은 합류한지 얼마 되지 않았거나, 일월신교에 대해 모르는 자들이었다.

그 증거로 라태진이 죽으며 한 말 때문에 얼굴이 하얗게 뜨며 연신 떠들어 대고 있지 않은가.

"좀 늦었군요."

때를 맞추어 휘가 도착한다.

방금 전에 있었던 일 때문인지 휘가 접근하자 움찔하며 뒤로 물러서는 상인들.

유일하게 물러서지 않고 있는 것은 파가릉과 세경, 가득염 뿐이었다.

설마하니 이렇게 독단을 깨물 것이라곤 휘도 미처 짐작하지 못했던 일이었다.

살수도 아닌 상인들이 독단을 숨기고 있을 것이라곤 누구도 상상 할 수 없었다.

'내가 일월신교를 너무 얕봤어. 놈들이라면 충분히 이러고도 남음이 있음인데.'

뒤늦게 놈들에 대해 다시 생각하지만 어쩌랴.

이미 일은 벌어지고 난 뒤인데.

"이렇게까지 해야 하다니… 도저히 이해 할 수 없군. 없
어."

연신 고개를 내젓는 파가릉을 보며 휘가 말했다.

"놈들의 마수가 그만큼 지독하다는 것이지요. 자신이 죽
지 않는다면 주변이 어떻게 될 것인지… 그동안의 경험으
로 잘 알고 있을 테니 말입니다."

"그래… 그런가."

쓰게 웃지만 파가릉은 쉽게 납득 할 수 없었다.

그러면서도 한편으론 장양휘가 자신과 함께 하고 있다는
사실을 천운으로 여겼다.

그가 아니었다면 자신은 이미 싸늘한 시신이 되어 사막
에 흩어졌을 테니까.

"이젠 우리가 어찌해야 하겠나?"

파가릉은 단도직입적으로 물었다.

일이 이렇게 된 이상 일월신교 놈들이 어떻게 나올 지에
대해선 너무나 뻔한 일.

살기 위해서라도 이젠 장양휘와 손을 잡아야 했다.

모두의 시선이 휘에게 향한다.

'이제야… 준비가 된 건가?'

저들에겐 미안한 이야기지만 휘는 이제야 일월신교와 싸
울만한 준비가 되었다 생각했다.

일월신교가 원하는 자금이 제대로 돌지 않으면 자연스레

움직임이 둔화될 것이고, 그것은 휘가 놈들의 목을 벨 아주 좋은 기회가 될 것이었다.

생각을 정리한 휘가 천천히 입을 열었다.

"절 도와주십시오."

❖

쿠오오오-.

거대한 용권풍이 당장이라도 모든 것을 집어삼킬 듯 그 강력함을 자랑하며 움직인다.

하지만 멀리서 보면 그 움직임이 느려지고 있음을 볼 수 있었을 터다.

그렇게 느려지던 용권풍이 완전히 멈춰 섰다.

쿠오오…!

여전히 기괴한 소리를 지르는 용권풍.

쿠쿠쿠.

잠시 뒤 진동과 함께 모래를 뚫고 거대한 입구가 모습을 드러낸다.

그와 함께 밖으로 나오는 일련의 무리들.

들어갈 때와 비교해 반으로 줄어들었지만 금사도를 벗어났다는 사실 하나만으로도 그들의 얼굴은 밝아지고 있었다.

"그럼…."

인사를 건네며 하나 둘 떠나는 상인들.

대막 곳곳으로 사라지는 그들을 보며 휘는 웃을 수 있었다.

자신이 원했던 결과 이상을 이번에 얻을 수 있었다.

모두가 떠나고 남은 것은 파가릉과 파세경의 금사상단과 가득염의 태양상단이었다.

"왜 안가고 있나?"

파가릉이 가득염을 보며 물었다.

평소라면 금사도를 나오자마자 휑하니 사라지는 것이 그였기에 마지막까지 남은 것이 이상했던 것이다.

"클클, 누가 자네를 보기 위해 남았겠나? 장 소협. 아니. 장 대협과 이야기를 하기 위해 남은 것이지."

"허…."

"이야기가 나온 김에 말해봄세. 장 대협의 말처럼 우리가 뭉친다고 해서 일월신교를 막아 낼 수 있다고 보는가? 까놓고 말해서 힘으로 제압하려 한다면 우리로선 막을 수도 없지 않는가?"

휘를 바라보며 묻는 가득염.

금사도 안에서 장양휘는 대막 상인들이 모이면 일월신교를 막아 낼 수 있다고 했다.

그리고 자신 역시 도움이 될 것이라 이야기하며 많은 이들을 안심시켰지만, 가득염은 달랐다.

제 아무리 휘가 강하다 하더라도 한 사람의 손이 다수의 손을 당할 수는 없는 법이다.

게다가 대막 상인들의 특성상 서로 기반을 다지고 있는 곳도 달라, 만약의 사고가 발생하면 도움을 주기도 어려웠다.

그런 그의 속뜻을 읽은 휘는 가득염을 보며 말했다.

"놈들은 쉽게 움직이지 못할 겁니다. 아무리 자금 확보가 중요하다 하더라도, 결국 원하는 것은 무림의 패권이니까요. 준비가 끝나지도 않은 판국에 드러내놓고 움직이기엔 저들도 부담스러울 겁니다."

"흠… 가정일 뿐이지 않나? 게다가 드러내놓고 움직이지 않더라도 무림의 방식은 여러 가지지."

가득염의 걱정은 당연했다.

작정하고 은밀하게 움직이는 무림인을 막을 방법 따위가 있을 리 만무했으니까.

그것도 마교라 불리는 일월신교라면 더더욱.

"반년. 최소 반년은 절대 움직이지 못할 겁니다. 놈들은."

"으음…."

"그것으로 부족하다는 것도 압니다. 하지만 지금으로선 방법이 없습니다. 뭉치고 또 뭉쳐… 놈들의 발목을 잡는 수밖엔."

"괜찮을 런지 모르겠군."

벅벅.

머리를 긁는 그의 얼굴엔 약간의 짜증이 올라와 있었다.

휘의 말을 못 믿어서가 아니라 이번 일을 처리하며 몇이
나 더 죽어갈지 모르기 때문이었다.

"장 소협··· 아니, 이젠 나도 대협이라 불러야겠군. 장 대
협의 말을 믿게나. 아니면 날 믿어도 좋고."

"자넬 믿느니 우리 세경이의 눈을 믿어야지. 클클클."

초롱초롱한 눈으로 휘를 바라보고 있는 세경을 보며 그
는 웃었다. 그리고 결정했다는 듯 고개를 끄덕였다.

"좋아! 어차피 손을 잡아야 한다면 제대로 하는 것도 나
쁘지 않겠지. 곰탱아, 상단을 합치는 것이 어떠냐? 우리 둘
을 합치면 만약의 경우에도 최소한 장 대협을 지원해줄 순
있을 것 같은데 말이다."

"···괜찮겠나?"

놀란 눈이지만··· 파가릉은 곧 고개를 끄덕였다.

확실히 금사, 태양 두 상단이 합친다면 그 힘은 어마어마
할 것이었다.

그렇지 않아도 대막오대상단의 수좌인 두 상단이니 그에
따라 미칠 영향력도 대단할 것이고.

하지만 문제가 있다면 역시나 태양상단이다.

금사상단의 후계자는 파세경으로 이미 정해진 상태고 인
정을 받은 이후였지만, 태양상단은 달랐다.

아직 후계가 정해지지 않은 것이다.

"크하핫! 걱정 하지 말게. 자네도 알다시피 어차피 우리
내 뒤를 이끌어갈 믿을만한 놈이 있어야 말이지. 차라리

세경이라면 믿을 수 있지."

"그것이 자네의 뜻이라면 좋네. 단! 모든 일이 끝났을 때 요청을 한다면 다시 분리하도록 함세. 그것이 만약의 사태에 대비한 일종의 방법이 될 것이네."

"흠… 날 못 믿는군. 좋네! 하지만 나도 조건이 있네. 두 상단의 머리는… 세경이네. 세경이가 머리가 되고 우리가 양팔이 된다면 누구도 반대하지 못할 것이네."

"그러지."

사막 한 복판에서 어마어마한 이야기가 오가고 있었지만, 정작 당사자들은 아무런 감흥이 없었다.

마치 그것이 당연하다는 듯.

오히려 듣고만 있던 휘가 가장 크게 놀랐을 정도다.

두 세력의 수장으로 추대 받은 세경은 오히려 놀라우리 만치 담담한 얼굴을 하고 있었다.

아니, 오히려 휘에게 웃으며 인사를 건넨다.

"앞으로 잘 부탁드려요."

"어떤 전장(錢莊)을 가시더라도 이것을 내보이시면 필요한 만큼 돈을 찾아 쓰실 수 있을 거예요. 준비가 되는 대로 찾아갈게요."

그 말과 함께 헤어진 파세경.

멀어지는 모래먼지를 보며 휘는 손에 쥐어진 금패를 보며 피식 웃으며 품에 넣었다.

"이제야 하나가 끝난 건가?"

파앗!

휘의 신형이 빠르게 동쪽을 향해 질주하기 시작한다.

한줄기 바람이 되어.

在黑暗中
猎艳　6章

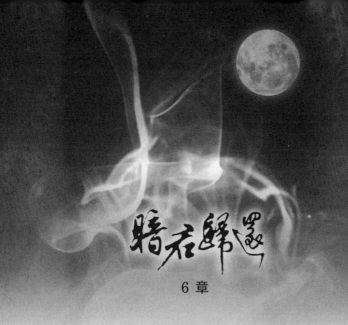

6 章

사천(四川).

중원 무림에서도 용담호혈(龍潭虎穴)로는 첫 번째로 꼽히는 곳이 사천이다.

구파일방의 두 곳인 청성과 아미가 자리를 잡고.

오대세가의 한 곳인 사천당가 역시 자리하고 있다.

정파의 기둥이라는 문파가 셋.

여기에 사파의 절대강자 오호문까지.

뿐만 아니라 마도방파 역시 적지 않게 있음이니 용담호혈이라는 말이 아깝지 않은 곳이 사천이었다.

오죽하면 사천에선 검을 뽑기 전에 백번은 생각하고 뽑으라 할 정도겠는가.

그만큼 수많은 세력이 얽혀있어, 작은 분쟁이 큰 싸움으로 퍼질 수도 있기 때문이다.

"만악문(萬惡門)이 사천혈사의 시초였지?"

느긋한 걸음으로 당과를 입에 물고 움직이는 휘.

그가 대막을 떠나 사천에 모습을 드러낸 것이다.

"만악문은 중견문파이지만 사천 무림의 특수성 아래 큰 영향력이 없었지만, 이들이 찾은 보물 하나가 문제를 일으켰지. 그 모든 밑바탕에는 놈들이 있었고."

연신 중얼거리면서 휘는 기억을 떠올리려 머리가 아플 정도로 굴리고 있었다.

"그때 누가 일을 주도했더라?"

기억이 떠오를 듯 말 듯 괴롭힌다.

아무래도 간접적으로 듣기만 했기 때문에 정보의 확실성과 깊이가 떨어지는 것은 어쩔 수 없었다.

게다가 확실하게 기억하고 있는 것인지도 사실 좀 의심스러웠다.

'분명 이번 일이 하나의 분기점이 되는 것은 사실인데… 문제는 자금 확보에 실패한 놈들이 내가 알고 있는 것과 같은 형태로 움직일 것이냐… 인가?'

사실 제일 큰 문제는 그것이었다.

자신이 나섬으로서 많은 것이 바뀌었다. 그 결과 이젠 자신이 알고 있는 미래대로 놈들이 움직일 것인지에 대한 확신이 줄어들고 있었다.

이번 만악문 사건만 하더라도 그랬다.

놈들이 이번 일을 진행하기 위해 많은 준비를 해두었을 것이지만, 계획이 어긋나버렸으니 그대로 진행을 할 것인지 알 수 없었다.

'나와 대막의 사건을 연관 지었을 리는 없지만 계획에 따라 움직이던 놈들이니 일단 멈출 확률도 있어. 반대로 이미 진행이 되어버린 일이라 멈출 수 없을 수도 있고.'

후자에 기대를 걸고 휘는 움직이고 있었다.

사천혈사를 주도하여 놈들이 얻을 것은 정사마 서로간의 불신이다.

현 무림은 정사마의 세 세력이 균형을 이루며 무림의 평화를 유지하고 있는 상태였다.

도검이 판을 치는 무림에서 평화라는 것은 어쩌면 환상일 뿐일 수도 있겠지만, 어쨌거나 십년 가까운 세월 동안 큰 싸움이 없었던 것만은 사실.

그런 와중에 사천혈사라는 대형사고가 터진다면?

언제든 무림 전체가 폭발 할 수 있는 도화선이 곳곳에 만들어질 것이 뻔했다.

'이걸 막으면… 놈들의 모든 계획이 중단되고 처음부터 검토를 하게 되겠지. 근데 어떤 놈이 여길 왔더라?'

아무리 생각해도 이번 일의 책임자가 떠오르질 않았다.

자신의 실력이라면 일월신교의 어지간한 무인은 감당할 자신이 있지만, 개인에 따른 일을 처리하는 성향이 다르다

보니 책임자를 아는 것과 모르는 것은 차이가 꽤나 있는 일인 것이다.

으적, 으적.

"몰라. 가보면 알겠지."

마지막 당과를 씹으며 휘는 생각을 멈췄다.

어차피 떠오르지 않는 것이라면 가서 몸으로 겪다보면 생각 날 것이다.

'급할 것은 없어. 시간은… 내 편이니까.'

그렇게 장양휘가 만악문을 향했다.

❖

만악문은 만악문주 괴혈검 초상흔을 중심으로 세워진 중견문파로 벌써 20년의 세월을 버티고 있는 제법 큰 문파였지만 사천 무림의 특수성 때문에 발언권이 그리 크지 않은 곳이기도 했다.

힘은 있지만 정, 사파의 힘을 뛰어넘을 수는 없고 같은 마도방파들 중에서도 만악문과 어깨를 나란히 하는 곳이 적지 않았다.

다른 성이었다면 나름 소리를 치고 살았을 테지만, 어쩌겠는가.

이제와 자리를 옮기기엔 포기해야 하는 것이 너무 많음이니.

"이것이란 말이지?"

"예. 마지막 확인 작업을 거쳤습니다. 이곳에서 멀지 않은 곳에 있는 것이 확실합니다."

"흐음…."

수하의 보고에 괴혈검은 눈앞의 장보도를 보며 한숨을 내쉬었다.

우연한 계기로 손에 들어온 장보도 하나.

처음엔 별 것 아니라 생각했으나, 이젠 전혀 아니었다.

이것이야 말로 만악문을 진정한 무림 강자로 올려 줄 물건이라 믿었다.

그렇기에 문파의 전력을 집중한 것이기도 했고.

그 결과가 지금 눈앞에 있는 것이다.

"얘들은?"

"준비를 마쳤습니다. 명령만 하신다면 즉시 움직일 수 있습니다."

만악문도들 중 힘 좀 쓴다 하는 이들은 모조리 움직일 준비를 마치고 문주의 명을 기다리고 있었다.

'의심스럽구나, 의심스러워. 이런 물건이 우리 손에 들어 온 것부터가. 하지만… 이미 늦은 것도 사실.'

처음부터 지금까지 장보도의 출처에 대해 의심을 했다.

하지만 반대로 너무 멀리 온 것도 사실이다.

이제와 물러서기엔 늦었고, 수차례 진짜인 것을 확인했다.

"그래. 가자."

결심을 한 그가 자리에서 일어서며 명하자 사내가 고개를 깊이 숙인다.

"존명!"

휘휙, 휙!

만악문의 뒤편 담벼락을 괴혈검이 선두에 서서 뛰어넘고, 그 뒤를 수하들이 따른다.

다른 문파의 눈을 피하기 위한 방법이지만 그만큼 이번 일을 그가 얼마나 신중히 다루고 있는지 보여주는 것이기도 하다.

'이제 움직이는 건가?'

그런 그들을 지켜보는 눈이 있었으니 바로 휘였다.

제 아무리 은밀하게 움직인다고 하나 휘의 눈을 피하는 것은 불가능한 일이었다. 최소한 저들의 실력으론 말이다.

'운이 좋다고 해야 하나? 도착한 첫날부터 움직일 줄은 몰랐는데….'

그랬다.

휘가 이곳에 자리를 잡은 것은 채 한 시진도 되지 않았다.

제법 오래 이곳에 머물 각오까지 했는데, 얼마 기다리지도 않고 저들이 움직인 것이다.

'이걸 고맙다고 할 수도 없고.'

놈들의 뒤를 조용히 따르는 휘.

연신 주변을 신경 쓰며 움직이고 있지만 누구도 휘의 기척을 알아차리는 사람이 없었다.

아니, 당연한 일이었다.

장양휘.

그는 암영(暗影).

그들의 주인 암군(暗君)이니까.

한참을 달린 그들이 멈춘 것은 동녘이 떠오를 때였다.

콰콰콰콰!

몸을 울리는 진동과 귀를 먹먹하게 만드는 굉음!

연신 휘날리는 물안개!

눈앞에 펼쳐진 거대한 폭포를 두고 만악문도들의 얼굴에 긴장감이 서린다.

-폭포 뒤편을 돌아가 절벽을 타고 삼장 정도 오르면 입구가 있습니다.

-가자.

평범하게 말을 해선 폭포소리에 들리지도 않을 것이 분명하기에 괴혈검과 수하들은 전음으로 이야기를 주고받았다.

다수에게 같은 이야기를 전달하질 못하니 약간의 지체가 있었지만, 금세 준비를 마친 그들이 조심스럽게 폭포 뒤편으로 돌아들어간다.

미끄러운 이끼가 가득한데다 .길은 아이가 지나가기도 어려울 정도로 좁고, 조금만 크게 움직여도 폭포수에 빨려 들어가는 최악의 길이었지만 미리 준비를 한 덕분인지 누구하나 낙오하지 않고 목표했던 동굴에 들어 갈 수 있었다.

'여긴가?'

만악문 무인들이 사라지는 것을 확인한 장양휘의 눈이 이곳저곳을 향한다.

확실히 크고 호쾌한 기운을 내뿜는 폭포임은 틀림없지만 중원 전역, 아니 사천으로 한정을 해도 이것보다 큰 폭포가 수도 없이 많을 터였다.

그럼에도 이곳을 놈들이 작업 대상으로 삼은 것은…

'애매한 위치에 있는 만악문과 이곳에 진짜가 있었기 때문이었지.'

그랬다.

실제 이곳에는 어떠한 것이 잠들어 있었고, 벌써 오래전에 일월신교의 수중에 들어가고 난 뒤였다.

본래 이곳에 있었던 물건에 대해선 휘도 알지 못했다.

알 필요도 없지만.

'어쩔까? 따라 들어갈까… 아니면, 응?'

고민하고 있던 그 순간 휘의 기감에 걸려드는 이들이 있었다.

스슥, 슥.

조용히 어둠속에 가려진 곳으로만 움직이지만 휘의 감각을 피할 수는 없다. 반대로 놈들이 휘를 발견하는 것은 불가능한 일에 가까웠고.

'놈들은 아니고. 어떤 놈들이지?'

일월신교의 무인은 아니었다.

놈들이 저렇게 엉성하게 움직일 리도 없는 것이다.

"것 봐 조만간에 움직일 것 같다고 했지?"

"그래, 내가 술 한 잔 사지. 그런데 놈들이 어디로 사라진거지?"

"폭포 뒤편으로 움직였어. 따라가지는 부담이 있는 것 같고… 어쩔까? 알릴까?"

모습을 드러낸 것은 두 사람이었다.

회색 무복을 입은 둘은 폭포를 바라보며 한 참을 이야기하다 곧 몸을 돌렸다.

자신들로선 안 된 다고 판단한 것 같았다.

그렇게 두 사람이 몸을 움직이려하는 그 순간.

서걱-.

콰직!

어둠속에서 나타난 도가 한 사람의 목을 베고, 심장을 꿰뚫는다.

단 한 수에 두 사람을 지워버린 도의 주인이 마치 본래부터 그 자리에 있었다는 듯 허공에서 천천히 모습을 드러낸다.

툭툭.

무심하게 도을 회수한 그는 품에서 작은 병을 꺼내 두 사람의 몸 위에 뿌렸다.

부글부글…!

파삭, 파사삭!

끓어오르는 소리가 들리고… 두 사람의 시신이 금세 사라진다.

그저 남은 것은 아주 작은 흔적뿐.

그것마저도 시간이 지나면 사라지리라.

스르륵.

모든 흔적을 지워낸 그가 다시 모습을 감춘다.

일련의 모습을 지켜보고 있던 휘는 끝까지 자리에서 움직이지 않았다.

아니, 움직일 수 없었다.

'하필이면!'

설마 놈이 움직였을 것이라곤 생각지도 못했다.

'혈접도(血蝶刀) 휘모운.'

지금의 휘에게 있어 최악의 상대였다.

혈접도 휘모운.

단순히 드러난 것만으론 일월신교 서열 100위 안의 고수였지만, 실제로는 오각주 중의 한 자리를 차지해도 부족함이 없을 정도로 막강한 실력을 자랑하는 자였다.

다만 더 이상 그가 위로 올라가지 않은 것은 위로 오를수록 맡아야 하는 일이 많기 때문이었다.

만약 그가 귀찮은 것을 싫어하는 성격이 아니었다면 일월신교의 서열은 진즉 뒤바뀌었을 테다.

어쨌거나 그와 전생의 장양휘가 부딪친 것은 사소한 이유에서였지만 그 뒤로 사사건건 시비를 걸어왔다.

당시 인형 그 이상의 존재가 아니었는데도 말이다.

중요한 것은 그가 익힌 무공이 휘에게 있어 최악의 상성을 가진 자 중의 하나라는 것이었다.

튼튼한 몸을 믿고 상대의 공격을 몸으로 받으며 강력한 한 방으로 적을 해치우는 것이 휘의 방식이라면, 놈은 혈접도라는 별호에서도 알 수 있듯, 연환공격에 상당히 능한 자였다.

흘리고, 피하고, 반격하고.

그러면서도 날카로운 공격을 펼쳐낸다.

강시 중 최강이라는 생강시의 몸을 지닌 휘이지만 살아 있는 인간과는 미묘하게 움직임에서 차이가 날 수밖에 없었고, 그것은 그에게 좋은 먹잇감에 불과하지 않았다.

이젠 자신의 의지로 움직이는 휘이지만 그것만큼은 아직 극복하지 못한 상태라 쉽게 그를 상대 할 수 없었다.

'시간이 좀 더 흐른 뒤였다면… 아쉽군.'

전생에선 마지막 순간 몸이 완성되며 그때까지완 비교할 수 없는 움직임을 보일 수 있었다.

그런 상태라면 능히 혈접도를 상대하고도 남음이 있었겠지만 지금은 아니었다.

'이거 어려운데… 놈이 나섰다면 지금의 나로선 쉬이 나설 수도 없는 문제고. 그렇다고 포기하자니 아깝고.'

선택의 기로였다.

나서자니 그와 맞서야 하고, 포기하자니 아쉬웠다.

이번 일만 막아내면 당분간 충분한 여유를 가질 수 있게
된다.

그 틈을 타 가족을 찾으려 했기에….

쉬이 포기되지 않았다.

'여기선… 어쩔 수 없나.'

고민 끝에 혀를 찬 휘의 신형이 조용히 사라진다.

애초 그 자리에 아무도 없었다는 듯.

❖

조르륵–.

죽엽청이 잔을 가득 채우자 기다렸다는 듯 단숨에 목구
멍으로 넘긴다.

특유의 향과 함께 독한 열기가 피어오르지만 휘는 이 느
낌을 아주 좋아했다.

많은 술을 접해본 것은 아니지만 접해본 것들 중엔 죽엽
청이 자신과 제일 잘 맞았다.

쏴아아…

객잔 밖으로 쏟아지는 장대비.

빗소리가 어딘지 모르게 흥겹게 느껴진다.

만악문에서 멀지 않은 곳의 객잔.

휘는 이곳에서 당분간 머물 예정이었다.

그들이 물건을 발견하려면 아직 멀었을 뿐더러, 발견했다 하더라도 일이 진행되는 것은 약간의 시간이 흐르고 난 뒤다.

혈접도가 있다는 것을 확인했고, 당장 움직일 순 없단 판단을 했으니 그 시간동안 어떻게 할 것인지 생각해볼 참이었다.

"어쩐다…."

'혈접도와 붙어서 지지 않을 자신은 있지만… 이길 자신도 없다는 것이 문제지. 하필이면 놈이 이곳에 투입되었을 줄이야. 그런데 왜 놈이 투입되었는데도 아무런 이야기가 없었던 거지?'

"응?"

술을 홀짝이던 그가 갑작스레 떠오른 생각에 깜짝 놀랐다.

"그러고 보니, 왜지?"

당시 혈접도는 움직이는 것만으로도 큰 화재를 몰고 왔을 정도로 많은 이들에게 주목을 받았었다.

그렇기에 어디로 가든 놈에 대한 이야기가 흘러나왔다.

헌데, 이번 일에 대해선 아무런 이야기가 없었다.

휘가 이번 일에 대해 알고 있을 정도인데도 혈접도에 대한 정보가 없다는 것이 뭔가 이상했다.

'내 기억이 잘못된 건가?'

가장 처음 의심해보는 것은 자신의 기억.

하지만 곧 고개를 저었다.

의심은 되지만 그럴 확률은 아주 작았다.

만악문을 시작으로 발발될 사천혈사에 대해선 휘도 당시 꽤나 많은 이야기를 들었기 때문이다.

'이런 큰 건수를 두고도 이야기가 없었다는 것은…! 그렇구나! 놈이 있었어!'

머릿속을 번쩍이며 지나가는 또 한 사람이 있었다.

그가 떠오름과 동시 모든 의문이 풀려나간다.

씨익.

"시간은… 내 편이란 건가?"

기분 좋은 미소를 짓는 휘.

아무도 없는 자신의 방이라 다행이지, 사람이 많은 곳이었다면 그 미소 하나로 모두의 이목을 끌어들였을 것이다.

안개가 낀 것 마냥 어지럽던 머릿속이 빠른 속도로 맑아지고 있었다.

휘가 객잔에 머물고 삼일 째 되는 날 밤.

만악문도들이 돌아왔는데, 밖으로 나갔던 자들의 절반도 돌아오지 못했다.

돌아온 자들도 멀쩡한 사람을 찾기 어려울 정도로 엉망이었다.

오일 째 되는 날.

웃는 얼굴의 만악문도와 만족스러운 얼굴의 수하들이 문으로 복귀했다.

'찾았나보군.'

그 모든 상황을 숨어서 지켜본 휘는 평상시처럼 객잔으로 복귀하려 했다.

한 사람의 기척이 잡히지 않았다면.

스슥.

'저건?'

혈접도가 움직이고 있었다.

조용히 놈들의 뒤만 쫓아다니며 접근하는 자들을 처리하던 그가 자리를 벗어나 산 정상으로 향하고 있었다.

높은 산은 아니지만 암벽으로 이루어진 산 정상은 탁 트여있어 다른 사람의 접근을 알아차리기 쉬웠다.

휘 역시 무리해서 접근할 생각은 없었기에 조용히 바위 뒤에 몸을 숨겼다.

그러길 잠시.

휘이익-!

날카로운 소리와 함께 허공을 가르며 한 사람이 등장했다.

머리카락부터 눈썹이 붉고 심지어 피부마저 붉은 사내의 출현에도 혈접도는 익숙한 듯 움직이지 않았다.

"켈켈, 이거 미안하군."

혈접도의 맞은편에 서자마자 놈은 낮게 웃었다.

아니, 대놓고 혈접도를 비웃고 있었다.

'왔군. 역시 생각대로야.'

놈의 모습을 확인한 휘는 회심의 미소를 지었다.

모든 것이 자신의 생각대로였다.

왜 혈접도가 있는데도 불구하고 그의 이름이 퍼지지 않았던 것인지.

그 모든 원인은 그의 앞에 서 있는 사내.

흉살적인(凶殺赤人) 이상하.

그의 짓이었다.

별호처럼 그는 모든 것이 붉었다.

눈, 눈썹, 머리카락, 피부 할 것 없이 모든 것이.

심지어 이야기 할 때 드러나는 이까지.

그래서 적인(赤人)이라 불렸고, 적을 잔인하게 죽인다 하여 흉살(凶殺).

합쳐서 흉살적인이란 괴이한 별호가 탄생한 것이다.

그 별호처럼 그는 강했다.

당당히 일월신교 서열 100위 안의 고수였으니까.

그런 그가 가장 싫어하는 것이 바로 혈접도였고, 사사건건 시비를 거는 것은 물론이고 그가 맡고 있던 일을 가로채는 것도 다반사였다.

이번 일 역시 마찬가지였다.

"재수 없는 새끼. 언젠가 네 머리를 갈라보고 말거다. 킬킬! 네놈 머릿속이 어떻게 생겼는지 궁금해 하는 사람이 한둘이…."

"가겠다."

"야! 이 새끼야!"

파앗!

대응하기도 귀찮다는 듯 묵직한 한 마디와 함께 빠르게 몸을 날리는 혈접도.

갑작스런 그의 움직임에 흉살적인이 소리를 질렀지만 그는 뒤도 돌아보지 않고 빠르게 사라진다.

으드득!

"개새끼! 언젠간…!"

이를 갈며 그가 사라진 방향으로 강렬한 살기를 쏘아내던 그가 모습을 감춘다.

놈의 맡은 일을 빼앗았으니 제대로 해결을 해야 했다.

다른 건 몰라도 놈보다 못하다는 소리는 죽어도 듣기 싫은 흉살적인이었다.

두 사람이 사라지자 느긋하게 정상에 모습을 드러내는 휘.

"잘됐군. 잘됐어."

혈접도가 사라진 방향을 보며 웃었다.

그가 자신의 상극인 무인이라면 반대로 흉살적인의 경우 휘의 밥이나 마찬가지였다.

'전생에서 내게 시비를 아주 제대로 걸어주셨지…'

자신과 상극이라는 것은 놈도 잘 알고 있었다.

그렇기에 명령만 듣는 인형이라는 것을 알면서도 놈은

자신에게 시비를 걸고, 간혹 반격하지 않는다는 것을 들어 때리기도 했었다.

아프지도 않았지만… 기분 나빴던 것은 사실.

아무리 자신의 의사로 움직이지 못했다곤 하지만 두 눈 뜨고 놈의 행동을 지켜봤었으니 말이다.

"나름 복수 기회이려나?"

웃으며 휘가 신형을 허공으로 던진다.

오백년 전 천하제일이라 불리던 자가 있었다.

누구도 그를 막을 수 없었다.

수많은 이들이 그에게 도전했지만 이기지 못했고, 그의 단죄를 피하지 못했다.

걸어온 싸움은 피하지 않는다.

싸움은 목숨을 걸어야 한다.

몇 가지 독특한 규칙을 내건 사내의 독보.

천하제일이라 불리게 되었을 때 사내는 홀연히 무림을 떠났다.

"더 이상은 무의미하다."

라는 말을 남기고.

생사도(生死刀) 하군성.

그의 비급이 눈앞에 놓여 있었다.

"물건이 너무 크군."

괴혈검은 앞에 놓인 비급을 보며 중얼거렸다.

이것을 얻기 위해 많은 수하들을 희생시켰다.

그럼에도 그가 고민하고 있는 것은 자신들이 가지기에 너무 큰 물건이기 때문이었다.

수하들을 희생시킬 때까지만 해도 뭔가 대단한 것이 있을 것이라 생각은 했지만 이런 큰 물건을 원했던 것은 아니었다.

지키지 못할 물건을 가진 것은 무림에서 죄다.

그 말을 상기시키면… 만악문이 생사도의 비급을 가진 것은 죄 중에서도 최악이라 할 수 있었다.

그렇다고 이것을 포기 할 수도 없었다.

이미 수하들이 여럿 희생이 된 이후이기도 하지만, 무인으로서 손에 쥔 비급을 그냥 놓아줄 수도 없었다.

즉, 현실과 욕심사이에서 고민하고 있는 것이다.

고민이 길어지지만 결국 그가 선택한 것은 비급을 취하는 것이었다.

"그래. 이것으로 우리는 더 높은 곳을 향해 갈 수 있다. 무림 최정상에 설 수 있는 절호의 기회. 그것을 놓칠 수는 없지."

변명이라도 하듯 중얼거리며 비급을 손에 드는 그.

이미 비급을 발견한 동굴 안에서 대충 확인을 했던 그였기에, 비급을 넘기는 손놀림은 거침없다.

탁.

단숨에 비급을 읽어 내린 그가 눈을 감으며 비급을 내려놓는다.

'그가 왜 천하제일로 불리었는지 알 것 같다. 그리고 바로 내가 그의 뒤를…'

"좋겠네."

"누…!"

콰직!

귀를 간 지르는 소리에 깜짝 놀라 눈을 뜨던 괴혈검의 시선이 가슴으로 향한다.

뚝. 뚝.

심장을 꿰뚫은 도 한 자루와 그 끝에서 흘러내리는 피.

따뜻하고 선명하게 붉은 그 피를 보며.

"아…"

괴혈검의 고개가 떨어진다.

"한때 천하를 호령했던 자의 비급을 보고 죽으니 여한은 없겠지. 비록… 가짜라도 말이야. 큭큭."

웃으며 모습을 드러낸 자는 흉살적인 이상하 그였다.

쓰욱!

어렵지 않게 도를 뽑아내 비급과 함께 옆으로 던지자 어느 새 모습을 나타낸 사내가 그것을 받아들었다.

"계획대로 움직여."

"존명."

만악문 특유의 무복을 입은 그가 고개를 숙이곤 밖으로 나간다.

"이제야 좀 재미있겠군."

살기가 번들거리는 붉은 눈으로 흉살적인은 웃었다.

생사도 하군성의 비급이 나타났다!

소문이 은밀히 그리고 빠르게 사천성 내에 퍼지기 시작했다.

다른 사람도 아닌 천하제일인이었던 생사도의 비급은 소문을 들은 수많은 사람들을 움직이게 만들었다.

그 결과.

화르륵!

만악문이 불타올랐고, 인근에 있던 세 곳의 문파가 무너져 내렸다.

"잡아라!"

"이쪽이다!"

삐이이익!

험준한 산에 울려 퍼지는 사람들의 소리와 곳곳에 섞여 드는 신호음!

점차 몰려드는 사람들을 보며 녹의무복을 입은 소년은 이를 악물었다.

"헉, 헉!"

거칠게 숨을 몰아쉬면서도 쉬지 않고 산을 오르는 소년.

'절대로 줄 수 없어. 아버지가, 아버지가 목숨을 버려가
면서까지 손에 넣은 비급이야! 이것만 있으면…! 이것만 있
으면 복수 할 수 있다!'

불타는 눈을 뒤로하고 소년은 쉬지 않고 산을 올랐다.

당장에라도 드러누워 쉬고 싶지만 이를 악문다.

다리가 후들거리는 것이 당장이라도 쓰러질 것만 같다.

'여길. 이 산을 넘기만 한다면 그 뒤는…!'

스컥-.

정상이 보이며 희망이 솟아날 때.

날카로운 소리와 함께 소년의 목과 몸이 분리되어 떨어
져 나간다.

그리곤 빠르게 접근한 인영이 재빨리 소년의 품을 뒤져
비급을 확인하더니 몸을 날려 사라진다.

"천풍호리다! 천풍호리의 손에 비급이 들어갔다!"

누군가의 외침과 함께 비급을 손에 넣은 천풍호리의 얼
굴이 일그러진다.

철저하게 숨어 움직였고, 최대한 빠르게 일을 끝냈음에
도 불구하고 그 짧은 시간 자신의 정체를 밝혀낸 것이다.

'뭔가 잘 못 됐다!'

그리고 일이 이상하게 돌아간다는 것을 그는 깨달았다.

눈 깜빡 할 사이에 벌어진 일이다.

자신이 코앞에서 보더라도 정체를 밝혀내기 어려운데,
순식간에 정체가 밝혀졌다.

뿐만 아니라 들으라는 듯 사방에 퍼지는 목소리.

이 말은 즉.

누군가가 어떠한 목적을 가지고 자신의 정체를 밝혔다는 뜻이었다.

뿐만 아니라 숨어있던 자신을 미리 파악했다는 뜻도 된다.

'그렇지 않고서야 기다렸다는 듯 내 별호를 밝혀 낼 수 있을 리 없지! 빌어먹을! 아무래도 미친 짓에 기어든 것 같은데…!'

으드득!

이를 악물어 보지만 이미 늦었다.

자신의 이름은 널리 퍼졌고, 이제와 비급을 포기한다고 한 들 사람들은 믿지 않을 것이다.

심지어 모두의 앞에서 비급을 공개하더라도.

빠져나갈 방법이 없는 덫.

무인의 습성을 노린 지독한 덫이었다.

"빌어먹을!"

파바밧!

이를 악문 그의 발놀림이 더욱 빨라진다.

"시작했군."

소란스런 무림인들을 보며 휘는 고민했다.

본격적으로 일월신교의 덫이 발동한 이상 자신이 할 수

있는 선택지는 몇 없었다.

첫째가 지금 당장 나서서 물건을 가로 채고, 흉살적인을 유인해 죽인 뒤 사라지는 것.

둘째가 어딘가 숨어있을 흉살적인을 죽이고, 물건을 회수한 뒤에 사라지는 것.

셋째가…

'결국 다 같은 거잖아?'

쓰게 웃는 휘.

어쩔 수 없었다.

휘의 목적이 목적이니 만큼 여러 선택지가 있다고 하지만 결국 취할 수 있는 것은 하나밖에 없다.

그대로 두자니 일월신교의 뜻대로 되는 것이고, 비급만 회수하자니 또 다른 방법을 쓸 것이 분명하다.

흉살적인만 죽이는 것도 마찬가지니 결국 휘가 선택할 수 있는 것은 놈을 죽이고 비급을 회수해 조용히 사라지는 것뿐이었다.

결국 고민할 필요도 없었던 것이다.

탁.

마지막 잔을 비운 휘가 자리에서 일어선다.

"삼절괴에게 비급이 전해졌다는데?"

"뭐? 난 정체를 알 수 없는 낭인이 가졌다고 들었는데?"

"이거 원… 비급을 가진 자가 한 시진을 버티지 못하고 바뀌니 오히려 혼란이 생기는군."

"쯧. 그만큼 많은 사람이 몰려들었다는 거겠지. 당장 우리만 하더라도 혹시나 하는 생각에 온 것이지 않나?"

"그렇긴 하지."

"자, 가세."

객잔을 빠져나가는 낭인들의 뒤로 휘가 조용히 붙어 움직인다.

거리에는 각종 무기를 든 무인들이 활발하게 움직이고 있었고, 그들의 위압어린 모습에 일반인들은 집에서 거의 나오질 않고 있었다.

비단 이 마을만 이런 것이 아니었다.

비급이 떠돌고 있는 천봉산 근처는 다 이랬다.

'천봉산이라… 이곳에서 비급을 묶을 생각이로군.'

아무리 크고 넓은 산이라곤 하지만 이곳을 비급이 벗어나지 못할 이유가 없다. 그것도 수십 명이나 주인이 바뀌었는데.

결국 누군가가 이곳을 빠져나가지 못하도록 막고 있는 것이다.

'일월신교 놈들… 불길이 더 커지길 바라는 거겠지.'

비급이 이곳에 묶임으로서 소문은 더욱 빠르게 퍼질 것이다.

그리고 종내 휘가 보았던 미래.

사천혈사가 벌어져 사천무림의 힘이 크게 약화될 것이 분명했다.

'서둘러야겠어.'

이르지만 빠르게 행동하기로 마음먹은 휘의 신형이 조용히 사람들의 틈에 섞여 사라졌지만 누구도 그것을 눈치 채지 못했다.

누구도.

그리고 다시 모습을 드러낸 것은 암벽의 정상이었다.

깎아지는 절벽으로 이루어진 산의 정상.

암반이 단단하지 않아 어지간한 실력으론 오르는 것조차 어려워보이는 그곳에 너무나 쉽게 모습을 드러낸 휘가 주변을 살핀다.

여전히 시끄러운 산.

서서히 해가 지며 어둠이 산을 집어 삼키려 들자 곳곳에서 횃불을 든 자들이 어둠을 물리친다.

어둠에 물드는 것만큼이나 바르게 횃불로 산이 밝아진다.

멀리서 본다면 산에 불이 난 것으로 착각 할 정도로, 산은 빠르게 밝아지고 있었다.

삐이익! 삐익!

호로록!

곳곳에서 들리는 신호음.

귀에 내공을 집중시키자 그제야 들리는 미묘한 신호음이 있었다.

휘릭, 휙.

그것은 일월신교 특유의 신호법.

바로 곁에서 들어도 들리지 않지만 귀에 내공을 집중시켜 특정한 파동을 잡아 낼 수 있어야 만이 들을 수 있는 그 신호음에 휘의 신경이 집중된다.

전생에서 지겹도록 들었었다.

"흠… 뭐라고 하는 건진 모르겠네."

신호가 끊길 때까지 들었지만 결국 알아들을 수 없었다.

들을 수는 있지만 해독법을 제대로 모르기 때문에 어쩔 수 없었다.

듣는 것과 해독하는 것은 별개의 문제였으니까.

어차피 전생에선 해독을 해서 자신에게 명령을 전달했던 자가 붙어 있었다. 이 소리를 들을 수 있었던 것도 어쩌다 보니 알게 된 것에 불과했다.

다만 한 가지 확실한 것.

해독 할 순 없지만, 이 자리에 놈들이 있다는 것이다.

'생각대로 놈들이 움직이고 있구나.'

그것만으로 충분했다.

휘가 움직이기엔.

스르륵.

자신을 어둠에 감춘 휘는 조용히 움직였다.

그렇다고 느리지 않았다.

물속을 유영하듯 부드럽게 움직이며 그는 나무 위에 숨은 일월신교의 무인을 찾아냈다.

철저히 자신의 감춘 채 귀식대법으로 숨마저 죽인 채 자신이 맡은 구역을 지키는 자.

조용히.

그리고 부드럽게 나무 위로 올라선 휘는 주저 없이 놈의 목을 꺾었다.

우득!

쓰러지는 놈을 나무에 기대어 떨어지지 않게 만든 뒤 다시 조용히 움직이는 휘.

어둠의 주인 암군에게 밤은 무대 그 자체였다.

"…연락 없습니다."

굳은 목소리의 보고에 흉살적인의 얼굴이 일그러진다.

"몇 명 째지?"

"열둘입니다. 포위하고 있던 일각이 무너졌습니다. 이대로라면 밖으로 빠져나갈 겁니다."

"다른 소란은 없다고 했나?"

"예."

"…철저히 알고 노린다는 건데. 있을 수 있는 일인가?"

그 물음에 수하는 대답지 않았다.

흉살적인 역시 대답을 원하고 물은 것이 아니었다.

일월신교는 철저히 감춰진 곳.

누구에게도 그 흔적을 들킨 적이 없었다.

"우연이든 아니든 상관없다. 놈을 찾아라. 놈부터 처리한다."

"명."

츠츳.

고개를 숙이며 사라지는 사내.

하지만 흉살적인의 굳은 얼굴은 펴지지 않는다.

"누구냐… 나를 방해하려는 놈은."

철저히 비밀에 쌓인 일월신교.

그것을 생각한다면 흉살적인 그가 추측할 수 있는 것은 자신의 일을 방해하려는 같은 일월신교의 무인이 있다는 것이었다.

"절대 가만두지 않겠다."

으드득!

분노한 그의 기대와 달리 수하들의 숫자는 계속해서 줄어들고 있었다.

이번 일에 투입된 인원은 백여 명.

작다면 작고, 많다면 많은 숫자이지만 일월신교 무인들의 능력을 생각한다면 결코 작은 힘은 아니었다.

"내가 나선다!"

결국 그가 직접 나서야 했다.

콰득!

또 한 명의 목을 꺾은 휘의 고개가 순간 한 곳을 향한다.

아주 찰나의 순간이었지만 익숙했던 기운이 느껴졌었다.

'움직이는 건가.'

그것은 휘가 그토록 바라던 순간이었다.

급한 성격을 가진 놈이 이만큼 숫자가 줄어들 때까지 참은 것이 용하긴 했지만 결국 자신의 뜻대로 움직인 것이다.

처음부터 휘가 생각했던 것은 놈과 빠르게 승부를 내고 비급을 회수하는 것이었다.

놈의 성격을 꿰고 있으니 어렵지 않을 것이라 판단했는데, 의외로 일이 길어져 버렸다.

'비급을 놓치진 않겠지?'

또 다른 곳에 숨어 있는 일월신교의 무인을 보며 휘는 조용히 움직였다.

하려고 했다면 순식간에 놈들을 쳐낼 수 있었음에도 그러지 않았던 것은 흉살적인과 싸우는 동안 비급의 행방을 쫓고, 될 수 있으면 이 산에서 벗어나지 않도록 만들기 위함이었다.

의외로 놈이 느리게 움직이는 바람에 신경을 쓴다고 썼지만 구멍이 생겨버렸다.

'빨리 끝내는 수밖에.'

생각을 정리하며 움직이던 휘는 얼마 지나지 않아 조용히 하지만 빠르게 움직이고 있는 흉살적인을 찾을 수 있었다.

찾음과 동시 곧장 놈에게 기파를 날리고선 몸을 돌려 천봉산을 벗어나 십리쯤 떨어진 곳으로 향했다.

파바밧!

워낙 빠른 속도로 움직였기에 흉살적인 역시 말없이 필사적으로 뒤를 쫓아왔다.

입을 여는 순간 놓쳐버릴 정도로 가공할 빠르기.

'대체 어떤 놈이 이런 실력을!'

뒤를 쫓으면서도 흉살적인 이상하는 머릿속이 복잡해짐을 느꼈다.

일월신교 안의 또 다른 고수일 것이라 생각했는데, 뒤를 쫓으면 쫓을수록 자신의 생각이 틀렸음을 깨달았다.

그렇게 의문점이 커졌을 때.

장양휘가 멈춰 섰다.

탁.

십여 장의 거리를 두고 흉살적인 역시 멈춰 선다.

"네놈… 누구냐?"

서자마자 묻는 놈의 목소리가 흉흉하다.

하지만 휘는 태연하게 돌아서며 천천히 얼굴을 내비쳤다.

반달이라 달빛이 밝진 않지만 얼굴을 알아보는덴 아무런 지장이 없었다.

드러난 얼굴.

휘는 입을 열지 않았다.

흉살적인 역시 드러난 얼굴을 보며 이를 악물었다.

자신이 아는 얼굴이 아니었다.

한 가지를 보면 그 실력을 알 수 있다고 했다.

가공할 경공의 소유자이니 그 실력 역시 뒤지지 않을 것인데, 교안에서 저런 얼굴을 가진 자를 보지 못했다.

그 말은 곧.

"누구냐? 놈."

외부인이라는 것이다.

그것도 일월신교의 존재를 알고 있는.

"일월신교 놈들은 그 말 밖에 할 줄 모르는 건가?"

"……."

비웃음이 걸린 휘의 말에 흉살적인의 얼굴이 굳었다.

우우…

낮은 진동과 함께 피어오르는 살기.

"그래, 알 필요는 없지. 어차피… 네놈은 여기서 죽을 테니까!"

파앗!

말을 끝내기 무섭게 거리를 줄이며 달려드는 놈을 보며 휘는 속으로 웃었다.

자신이 생각했던 그대로였다.

쩌엉-!

손과 손이 부딪치고 얼얼한 통증과 함께 뒤로 물러선다.

허나, 이에 굴하지 않고 흉살적인은 다시 휘의 품을 파고들었다.

허리를 숙여 중심을 낮추고, 크게 앞으로 발을 내딛어 간극을 줄인다.

손끝에 몰리는 강력한 내공은 걸리는 것이라면 무엇이든 갈기갈기 찢어놓을 것이다.

'혈괴조!'

쿠오오오!

약간 멈칫한 순간을 놓치지 않고 품을 파고들며 밑에서 부터 치켜 올라오는 놈의 혈괴조.

붉게 물든 그의 손은 결코 피할 수 없을 것처럼 보였지만.

"멀었군."

스륵.

옆으로 반보 움직이며 몸을 회전시키는 것만으로 피해내 버린 휘.

그러자 놈의 턱이 무릎을 들어 때리기 딱 좋은 위치에 선다.

팡!

놈 역시 대비했다는 듯 가볍게 휘의 무릎을 빈손을 들어 막고선 재빠르게 뒤로 물러선다.

그렇지 않아도 굳어 있던 놈의 얼굴이 더욱 굳는다.

"네놈 어떻게 혈괴조를 아는 거지?"

"네가… 알 자격이 있을까?"

놈의 물음에 휘는 웃으며 답했다.

대막에서 광견을 상대했을 때와 같은 대답.

"자격? 자격이라고 했나?"

드드, 드드드!

차갑게 반문하는 놈의 몸에서 이제까지완 비교 할 수 없는 기운이 흐르기 시작했다.

낮게 울리는 땅.

진득한 살기와 함께 검붉은 기운이 흉살적인의 몸을 타고 피어오른다.

"네놈이 어떻게 혈괴조를 알고 있는지 모르겠지만… 상관없어. 찢어 죽여주마!"

스팟!

잔상을 남길 정도로 빠르게 접근한 그의 양손이 휘의 멱을 잡기 위해 교차되어 날아온다.

물 흐르듯 부드럽게 뒤로 물러서며 피해내지만, 흉살적인 역시 물러서지 않겠다는 듯 연신 달라붙는다.

한 걸음.

겨우 한 걸음의 싸움이었다.

어떻게든 붙으려는 자와 어떻게든 떨어지려는 자.

파바밧!

파공성을 일으키며 눈앞에서 오가는 날카로운 손.

뺨을 스쳐지나가는 바람마저도 섬뜩하다.

촤악!

옷깃이 놈의 손끝에 스치며 찢어지지만 휘는 개의치 않았다.

오히려 놈의 공격을 피하는 것에 집중했다.

'혈괴조가 대단한 무공이긴 하지만 약점 역시 분명하지.'

휘가 노리는 것은 단 하나.

놈의 약점.

혈괴조는 그 위력만 본다면 일월신교 안에서도 손에 꼽히는 무공이었다.

그럼에도 불구하고 혈괴조를 익히려는 자는 손에 꼽을 정도였는데, 이유는 단순했다.

익히기 어려운 것은 둘치더라도 대성하기 전에는 막대한 내공을 필요로 하는 탓에 오랜 시간 싸움을 유지하기 어려웠다.

혈괴조의 뛰어난 파괴력으로 단시간에 싸움을 끝낸다면 모를까, 그렇지 않다면… 스스로 자멸할 확률이 높았다.

놈의 경우 극단적인 파괴력을 원했기에 혈괴조를 익혔고, 그것이 손에 맞았지만 대성과는 거리가 멀었다.

'즉, 아무리 많은 영약을 처먹었어도 내공의 한계가 있지. 그 약점 때문에 죽은 것이기도 하고.'

전생에서 놈은 죽었었다.

바로 이 약점 때문에.

당시 마음대로 움직이진 못했지만 그 소식을 들었을 때 얼마나 좋아했었던가.

'이번엔 내 손으로 끝낸다.'

휘의 눈이 차갑게 빛난다.

그렇게 휘가 기회를 엿보고 있을 때, 흉살적인 이상하의 얼굴은 서서히 굳어가고 있었다.

'단순히 혈괴조를 알고 있는 수준이 아니다.'

초식을 알지 못한다면 결코 피할 수 없는 공격까지 완벽하게 피할 뿐만 아니라, 최소한의 움직임으로 공격을 피해낸다.

혈괴조에 대해 완벽하게 알고 있다는 반증.

'곤란한데….'

휘가 간과한 것이 있었다.

그것은 흉살적인 이상하에 대해 깊이 알지 못한다는 것이었다.

어디까지나 이곳저곳에서 들리는 소문과 자신이 괴롭힘을 당할 때의 모습만을 기억하지, 실제 그가 어떠한 사람인지에 대해선 완벽하게 알지 못했다.

물론 소문이나 경험을 무시 할 수 있는 것은 아니었다.

실제로 소문과 크게 다르지 않은 행동을 보이기도 했고.

다만, 휘가 생각한 것보다 훨씬 더 그는 음흉하고 생각이 많다는 것이었다.

겉으로는 쉽게 움직이고 폭발하는 것 같지만, 머릿속은 나름 침착하게 돌아가는 것이다.

이번 역시 마찬가지였다.

자신의 실력을 드러냈음에도 불구하고 놈을 완벽하게 제압 할 수 없었고, 심지어 혈괴조에 대해 완벽하게 파악하고 있었다.

이 모든 것을 종합했을 때.

'놈의 존재는 본교에 큰 위협이다. 놈의 뒤에 어떤 세력이

있을지 모른다. 게다가 아직 알려지지 않았다면….'

생각을 정리한 흉살적인의 양손에 일순 강대한 내공이 집중되고.

부웅-!

그 강렬함에 대비하고 있던 휘도 놀라며 재빨리 뒤로 몸을 날린다.

하지만 그것은 놈이 바라던 것.

파앗!

휘가 물러서는 것과 동시 흉살적인은 몸을 뒤로 날렸다. 아니, 자신이 할 수 있는 최고의 속도로 자리를 피했다.

갑작스런 사태에 휘가 제대로 반응하지 못한 그 순간.

피핑!

어둠을 격하고 날아든 화살 하나가 놈을 향한다.

쩌정!

갑작스런 화살을 피하지도 못하고 재빨리 내공을 실은 손을 휘두른 흉살적인은 강력한 반발력에 이를 악물며 자리에 멈춰 섰다.

"주인님이 친히 상대하는데, 어디서 튀고 지랄이야! 너이 새끼 부랄도 없는 놈이지? 아니, 없으니 꽁지 빠진 개새끼마냥 도망치는 거겠지."

저벅저벅-.

불량한 말투와 함께 어둠속에서 모습을 드러내는 한 여인.

육감적인 몸매가 그대로 드러나는 옷을 입은 그녀의 손
에 들린 활이 유난히도 크다. 그녀의 키와 맞먹을 정도로.

덜덜.

아직도 손이 떨리고 몸 안의 기운이 정돈되지 않는다.

그 정도로 활에 실린 기운은 그로서도 쉽게 볼 수 없는
것이었다.

'무슨 활 따위에…!'

으득!

이를 악문 흉살적인의 눈이 재빨리 주변을 훑는다.

또 숨어 있는 적이 있는 것인지 확인하려는 것이다.

"지랄하고 있네. 뭐 눈에는 뭐만 보인다고, 나 혼자니까
걱정하지 마."

할짝.

비릿하게 웃으며 혀로 입술을 축이는 그녀.

그 모습이 묘하게 누군가와 닮아 있다.

저벅저벅.

담담히 걸어 나무숲을 벗어나자 확실히 드러나는 그녀의
얼굴은 너무나 아름다웠다.

중원 어디를 가더라도 인정을 받을 미모를 지닌 그녀를
보면서도 흉살적인은 다른 생각을 할 수 없었다.

'빌어먹을! 어디서 이런 놈들이. 어떻게든 이곳을 빠져
나간다. 놈들의 존재를 알려야해!'

어떻게든 자리를 피하려 눈치를 보는 그와 달리 휘는

그녀의 등장에 한숨부터 내쉬었다.

"하…!"

손으로 이마를 짚는 그.

"너… 여기는 어떻게?"

"호호호. 주인님이 걱정되어서 최대한 빨리 일을 처리하고 왔어요. 뒷일은 동생한테 맡기고 왔으니 괜찮을 거예요. 저 잘했죠? 그죠?"

휘를 보며 환하게 웃으며 손을 흔드는 그녀.

그 천진난만한 모습은 흉살적인을 향해 거친 입담을 자랑하던 여인과 동일인물인 것인지 의심스러울 정도.

익숙하지 않은 누가 본다면 미친년으로 생각 할 수도 있지만, 휘에겐 너무나 익숙한 모습이었다.

파앗!

자신에게서 시선이 떨어진 순간을 놓치지 않고 흉살적인이 몸을 날렸다.

그 순간.

"병신 새끼."

피피핑!

퍼퍼퍽!

욕설과 함께 빠르게 움직이는 손.

날아가는 세 대의 화살이 눈 깜짝할 사이.

흉살적인의 몸을 꿰뚫는다.

덜썩!

허공에서 추락하듯 떨어져 내린 그가 믿을 수 없다는 눈
으로 그녀를 바라본다.

처음 날아들었던 화살과 비교도 할 수 없는 빠르기와 월
등한 힘!

"뭬질래?"

차가운 눈을 한 그녀가 놈에게 다가선다.

"빌어먹을."

갑작스레 당한 일이라 상처가 크긴 했지만 당장 죽을
정도는 아니었기에, 흉살적인은 몸에 박힌 화살을 뽑아냈
다.

허벅지에 틀어박힌 화살은 당장 빼내기 어려워 화살촉만
남기고 부러트린다.

"주인님, 이거 제가 처리해도 되죠?"

다가서다 말고 잊었다는 듯 웃으며 휘를 향해 묻자, 휘는
한숨과 함께 고개를 끄덕였다.

승낙이 떨어지자 그녀의 얼굴위로 잔잔한 살기가 흐르고.

"하! 이젠 별 것들이 다…!"

으드득!

이를 악물며 살기를 발출하는 흉살적인.

지금의 상황을 교에 전달하려고 벗어나려 했을 뿐이지,
지금 같은 상황을 바랐던 것은 아니다.

"계집이 활을 좀 다루는 것 같…!"

핑!

말을 끝내기도 전에 날아드는 화살에 기겁하며 몸을 날려 피하는 흉살적인!

'더… 빠르다고?!'

자신의 몸을 꿰뚫었을 때보다 더 빨라진 화살에 그가 제대로 놀랄 틈도 없이 연속으로 그녀의 화살이 날아든다.

퍼퍼퍽! 퍽!

땅에 꽂혀드는 화살!

하나 같이 땅 깊숙이 파고드는 것이 막대한 힘을 실은 것이 분명했다.

"내 앞에서 입을 놀린 개새끼치고… 살려둔 적이 없어. 난!"

피피핑!

살기 가득한 눈으로 놈을 바라보며 그녀의 손이 어지럽게 움직인다.

"큭!"

이를 악물며 몸을 날려 화살을 피해내는 흉살적인.

"하앗!"

기합과 함께 빠르게 그녀를 향해 달려든다.

활의 약점 중 가장 큰 약점은 적이 접근하면 대항할 방법을 잃는다는 것이다.

그것을 노리고 안으로 파고들었지만.

비릿한 웃음을 짓는 그녀가 있었다.

"병신 새끼."

"뭐…."

퍽!

그녀의 비웃음과 함께 하늘에서 떨어져 내린 화살이 정확하게 흉살적인의 머리를 꿰뚫는다.

놈의 발끝이 자신을 향한다 싶은 그 순간 그녀는 하늘을 향해 화살을 날렸다. 지금의 상황을 만들기 위해.

흉살적인은 죽는 그 순간까지도 왜 자신이 죽어야 하는지 몰랐을 것이다. 그만큼 그녀의 활은 은밀했다.

피가 뚝뚝 떨어지는 활을 몸에 가로질러 건 그녀는 나긋한 걸음으로 휘에게 다가와 무릎 꿇었다.

"암영 연화령이 암군을 뵙습니다."

고개 숙이는 그녀를 보며 휘는 길게 한 숨을 내어쉰다.

그러면서 목이 잘려 죽은 흉살적인을 보곤 또 다시 한 숨을 내쉰다.

"일은 어떻게 됐지?"

"성공적으로 끝내고 왔어요."

방긋 웃으며 고개를 드는 그녀.

하지만 얼굴에 튄 피가 어딘지 모르게 기괴한 느낌을 준다.

"하아… 너희들을 깨운 것이 잘한 짓인지 모르겠다, 내가."

"당연히 잘한 짓… 아니, 잘한 일이시죠. 주인의 곁에 있을 수 없는 암영은 쓸모가 없잖아요. 호호호!"

당당하게 웃는 그녀를 보며 휘는 고개를 저었다.

연화령은 휘가 구해낸 암영들 중 하나였다.

과거 자신을 따라 목숨을 버려가며 싸웠었던 암영들.

완성되거나 직전에 놓였던 암영들을 모조리 구해 모종의 장소로 옮겼었다.

휘보다 완성도는 떨어지지만 그들 하나하나가 생강시.

이지를 완벽하게 제압당해 휘의 노력에도 불구하고 본래의 모습을 찾지 못하는 자들도 있었지만, 휘의 생각대로 놈들의 금제를 벗어나 정상으로 돌아온 자들도 몇 있었다.

그 중 하나가 바로 그녀 연화령인 것이다.

신궁(神弓)이라 불러도 좋을 실력을 지닌 그녀는 적들에겐 더 없이 독했지만, 휘에겐 누구보다 연약한 여자인 척하고 다녔다.

"앞으로 제가 있으니 귀찮은 일은 제 손에서 다 처리 할게요! 주인님이 손을 더럽히시는 일은 없을 거예요!"

"하아… 네 마음대로 해라."

"예!"

어차피 말린다고 해서 들을 그녀가 아니었다.

일전 그녀를 떨어트려 놓을 때도 명령을 내리는 것으로 겨우겨우 설득했었다.

그런데 이젠 그 임무저도 해결을 보고 왔으니 당장 떼어 놓을 수도 없었다.

"그래서 다른 녀석들은?"

"음… 저도 몰라요. 제 일을 처리하기도 바빠서요. 헤헤,

알아서들 잘 하고 오겠죠.”

헤픈 웃음을 보이며 고개를 젓는 그녀를 보며 휘는 어쩔 수 없다는 듯 고개를 끄덕였다.

그때.

삐이이익-!

귀에 미약하게 들리는 신호음.

“늦기 전에 움직인다.”

팟!

“아앙! 주인님 같이 가요!”

먼저 몸을 날리는 휘의 뒤를 그녀가 앙탈을 부리며 따라간다.

빠르게 움직인 휘가 천봉산에 도착했을 때, 문제의 비급은 천봉산을 빠져나가기 직전이었다.

‘비급은 화령에게 맡기고 일을 끝내기 전에 일월신교 놈들을 처리한다.’

처음엔 비급을 가지고 조용히 사라지는 것으로 이번 일을 마무리 지으려 했었지만 뜻하지 않게 연화령이 합류하며 계획을 수정 할 수 있었다.

근방에 모여 있는 일월신교 무인들을 없애버림으로서 일월신교 본단에 혼란을 준다.

이제까지 휘가 벌인 일 모두 개인이 저지른 것이라곤 상상하기 어려웠으니, 끝까지 놈들에게 혼선을 줄 생각이었다.

물론 오래 갈 것이라 생각지는 않았지만, 놈들의 계획을 망치는 것만으로도 지금은 충분했다.

단숨에 머릿속을 정리한 휘는 빠르게 주변을 살피곤 어느 새 자신의 뒤편에서 조용히 대기하고 있는 연화령에게 명령했다.

"비급을 가져와. 흔적을 남기지 말고."

"주변은요?"

"필요하면 정리해도 좋아."

"헤헤, 대가리를… 아니, 목을 확실히 칠게요."

"…그래."

스스슥.

섬뜩한 말을 아무렇지 않게 하는 그녀의 얼굴을 보며 휘는 조용히 어둠속으로 몸을 숨겼고, 그녀는 웃으며 활을 꺼내 들었다.

진지해진 그녀의 두 눈에 가득 맺히는 살기.

"대가리를 날려주마."

휘가 사라지자마자 거칠어진 그녀의 입.

곧 그녀의 모습이 사라진다.

❖

화르륵.

불타는 비급을 뒤로하고 휘는 달빛을 보며 죽엽청을 마셨다.

조르륵.

잔이 비자 기다렸다는 듯 잔을 채우는 연화령.

비급을 차지하고, 휘의 볼일이 끝나자 조용히 천봉산을 떠난 두 사람.

휘가 머물고 있던 객잔으로 돌아와 비급을 태워버리는 중이었다.

어차피 진본도 아니고, 설령 진본이라 하더라도 두 사람에 필요 없다는 것은 변하지 않는 사실이기에 이렇게 불태워도 아쉽지 않았다.

느긋한 두 사람과 달리 천봉산에 모여들었던 무림인들은 난리가 난 상태였다.

갑작스레 비급의 행방이 사라져 버렸으니까.

물건이 물건인 만큼 이번 소동은 쉽게 가라앉질 않을 것이 분명했지만, 과거 휘가 알고 있던 사천혈사와 같은 사건으로 번지지는 않을 터였다.

그렇다고 아예 피가 흐르지 않을 것도 아니다.

결국 그 안에서도 피는 흐른다.

그것이 무림이니까.

"금제(禁制)는?"

술을 입에 가져가던 휘가 문득 생각난 듯 물었다.

"주인님이 알려주신 천부경 덕분인지 이젠 아무렇지도 않아요. 다만 완벽하진 않은 것인지 가끔 부자연스러워질 때가 있기는 한데… 나쁜 것 같진 않아요."

"그래…."

그녀의 대답에 고개를 끄덕이며 술을 들이키는 휘.

자신을 금제에서 벗어나게 해준 천부경이라면 암영들에게도 통할 것이라 생각했지만, 기대했던 것보다 결과가 나오지 않았다.

그나마 금제를 푼 연화들도 완벽하진 않다고 하니.

당장이야 문제가 되지 않겠지만 차후 일월신교와 제대로 붙게 된다면 어떤 문제가 생기가 될 지 알 수 없었다.

"미래를 안다고 해서 모든 것이 해결 되는 건 아니로구나."

휘의 말에 연화는 조용히 술을 따를 뿐 대답지 않았다.

휘 역시 대답을 원했던 것이 아니었기에 마지막으로 비명을 토하며 재만 남은 비급을 보며 자리에서 일어섰다.

"가자."

"예."

骑在暮
归暮

7 章

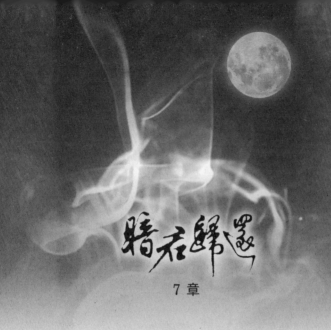

7 章

　사람들의 발걸음이 거의 닿질 않는 산맥.

　수풀보다 암벽이 더 많은 이곳은 동물들조차 살지 않는 험준한 곳이었다.

　뿐만 아니라 산맥 전체에 걸쳐 사시사철 안개가 심하다 보니 인근 주민들마저도 접하길 꺼려하는 곳이 되어버렸다.

　그것이 아주 오래 전의 이야기.

　이제는 산맥을 중심으로 가까운 곳에 마을조차 없을 정도로 이젠 완전히 잊혀 진 곳이 되어버린 곳.

　그 안에.

　일월신교가 자리를 잡고 있었다.

산맥 전체에 걸쳐 안개가 끼는 것도 그들이 펼쳐놓은 진법 때문이었고, 혹시라도 길을 든 자들은 안개에 현혹당해 자신도 모르는 사이에 밖으로 흘러나가게 되어 있었다.

들어가면 죽는다는 소문조차도 돌지 않도록 철저하게 설계되어진 것이다.

앞에 보이질 않는 안개를 뚫고 중심으로 향하면 하늘 높을 줄 모르고 솟아오른 마천루(摩天樓)가 득실거리고 그 중심에는 석산(石山) 하나를 통 채로 깎아 만든 거대하고, 화려한 궁이 모습을 드러낸다.

그곳이 바로 일월신교의 성지(聖地)였다.

성지 깊은 곳에 자리한 회의실.

화려한 태사의가 비워져 있고, 그것을 중심으로 양편으로 갈라져 귀한 자단목으로 만들어진 의자가 자리한다.

몇 되지 않는 의자에는 빠짐없이 사람들이 착석해 있었지만, 태사의를 중심으로 겨우 몇 개만 켜놓은 촛불 덕분에 분간되는 것이라곤 사람의 형체 정도다.

"이렇게 모두가 한 자리에 모이는 것도 오랜만이로군. 흘흘."

노쇠한 목소리와 함께 천천히 태사의를 향해 걸어오는 한 사람.

그의 등장과 함께 자리에 앉아 있던 이들이 벌떡 일어서더니 그를 향해 오체투지한다.

"일월의 주인 교주님을 뵙습니다!"

쩌렁쩌렁!

회의장이 터져나가라 외치는 그들의 모습을 보며 만족스러운 듯 고개를 끄덕이며 태사의에 앉은 그가 가볍게 손짓을 한다.

우웅.

작은 진동과 함께 무릎 꿇었던 그들의 몸이 자연스럽게 일으켜 세워졌다.

'가공할 내공!'

의지를 벗어나는 몸의 움직임에 경악하면서도 그들은 겉으로 표시내지 않았다.

"그래, 이 늙은이가 필요하다고?"

스스로 늙은이라 칭하는 노인.

하지만 이 자리에 있는 누구도 그 말을 곧이곧대로 듣는 이가 없었다.

마음먹는다면 일월신교의 핵심이라 불리는 자신들도 대항치 못하고 조용히 목을 내밀어야 할 것이다.

그만한 힘을 지닌 자.

일월신교주뿐.

"아, 그렇지. 앉게들. 서서 이야기하려면 힘들 테니."

"배려에 감사드립니다!"

고개를 숙여 인사하고 나서야 그들은 자신의 자리에

앉을 수 있었다.

"계속 이야기를 하지. 그래, 무슨 일인가?"

교주의 말에 앞으로 나선 자는 일월신교의 기둥이라는 오각주의 한 사람.

천각주였다.

"오랜 시간 걸쳐 준비를 했던 대계가 무너졌습니다."

그 말을 시작으로 천각주는 그동안 자신들이 세웠던 계획이 실패했음을 설명하고, 왜 실패했는지도 이야기했다. 뿐만 아니라 이로 인해 앞으로 일월신교가 가야하는 방향도.

톡, 톡.

이야기를 마친 천각주가 물러났음에도 교주는 말이 없었다. 그저 손가락으로 태사의 팔걸이를 규칙적으로 두드릴 뿐.

한참 만에 그의 입이 열린다.

"다른 것들이야 그렇다 치고. 암영을 모조리 잃어버린 것은 꽤 크군. 이제 와서 다시 만들면… 오래 걸리겠지?"

"아무래도 어려울 것 같습니다. 게다가 핵심이라 할 수 있는 혈전진의 도사가 더 이상 없으니 쉽지 않은 일입니다."

"놈들에게서 빼올 것은 다 빼온 것으로 알고 있네만?"

"아는 것과 행하는 것의 차이 입니다."

천각주의 말에 그는 고개를 끄덕이는 것으로 대답을

대신했다.

"공을 들인 일이 실패로 돌아가니 아쉽긴 하지만 어쩔 수 없는 일이지. 헌데, 어떤 놈인지 아직도 밝혀내지 못했다고?"

"죄송합니다."

변명 없이 고개를 숙이는 천각주를 보며 교주는 손을 저었다.

스컥.

날카로운 소리와 함께 그의 머리카락이 흘러내린다.

"두 번은 없어. 흘흘….."

"감사합니다!"

크게 인사를 올린 천각주가 자리에 앉는다.

겉으론 표하지 않았지만 그의 등 뒤는 식은땀으로 가득한 상태였다.

"어쩔 수 없지. 모든 움직임을 중단시키고 내부에서부터 다시 검토한다. 그리고 본교 내에 배반자가 있는 지를 철저히 가려내도록. 본교도가 아니고선 알 수 없는 정보를 가지고 대계를 망친 놈들이 있는 것 같으니."

"존명!"

"흘흘, 어떤 놈일꼬….."

교주의 눈이 살기로 번들거린다.

❖

사천의 일을 마치면 본래 가족을 찾으려 했지만, 휘는 생각을 바꿨다.

섬서 어디로 이동을 했는지 알 수도 없을 뿐더러, 숨기로 작정했다면 어차피 찾을 수 없을 터였다.

'찾지 않더라도 만날 수 있겠지. 단지 그 시간을 앞당기려 했을 뿐이지만.'

안타까웠지만 지금으로선 다른 방법이 없었다.

정보로는 개방과 함께 중원 최고라 칭해지는 하오문을 통한다면 어떻게든 단서를 찾아 낼 수 있을 터다.

많은 돈이 들어가겠지만 대막상인들의 지지를 받는 휘에게 이젠 돈은 아무런 문제가 되지 않았다.

그럼에도 포기를 한 것은 얻는 것보다 잃는 것이 더 많기 때문이었다.

돈이 되는 일이라면 무엇이든 하는 것이 하오문이다.

당장은 자신의 정체를 파악하지 못하겠지만, 앞으로도 그러리라는 법은 없었다.

만약 휘를 찾는 자가 있다면 놈들은 냉큼 정보를 팔아먹을 것이다.

그것이 하오문의 방식이었다.

대신 휘는 놈들이 움직이지 않는 동안 무림에 대한 공부를 시작했다.

전생에 경험이 있다곤 하지만 자신이 알고 있는 것이 너무나도 작았다.

오히려 수하인 화령이 더 많은 것을 알고 있을 정도.

"와… 사람 많네요! 재수 없게."

웃으며 말하는 것치곤 어딘지 이상하게 들리는 말이지만 휘는 무시하며 인파를 뚫고 움직였다.

아니, 휘가 움직일 때마다 사람들이 움찔하며 길을 비켜주고 있었다.

"어? 같이 가요, 주인님!"

뒤늦게 휘의 움직임을 눈치 챈 화령이 재빨리 휘의 뒤를 따른다.

휘가 거침없이 움직여 도착한 곳은 허름한 객잔이었다.

허름한 것치곤 제법 규모가 있는 편이지만, 그 외관 때문인지 도시가 붐비는 것에 비해 손님이 많지는 않았다.

돈에 구애 받지 않으면서도 이곳을 찾은 까닭은 간단했다.

이곳보다 별채를 크게 운용하고 있는 곳이 없기 때문이다.

어렵지 않게 별채를 통으로 빌린 휘는 금세 따라온 화령을 데리고 별채로 사라졌다.

그리고 사라진 휘와 화령을 바라보는 한 사람이 있었다.

으적, 으적.

만두를 씹으며.

"이상한 놈이 있던데 대가리… 가 아니라, 조사 해볼까요?"

급히 말을 바꾸며 어색하게 웃는 화령을 보며 휘는 고개를 저었다.

"됐어. 뭐가 목적인지는 모르겠지만 벌써 며칠 째 저러고 있으니 곧 움직이겠지."

"그렇긴 하지만, 그래도 신경 쓰이는 데요…."

눈을 가늘게 뜨며 당장이라도 명령을 내리면 목을 따버리겠다는 화령의 시선을 받으며 휘가 피식 웃었다.

"녀석들은?"

"조만간 합류 할 것이란 연락이 있었으니 곧 오겠죠."

"녀석들이 오면 움직이지."

"예."

그녀의 대답을 들으며 자신의 방으로 들어가는 휘.

그 모습을 보고 있던 화령이 잠시 객잔을 향해 시선을 돌렸지만 곧 자신의 방으로 들어간다.

보름달이 휘양 찬란하게 떠 있는 야심한 밤.

구름도 거의 없는 밝은 날 객잔의 담벼락을 가볍게 타고 오르는 이가 있었다.

타탁. 탁.

'정체를 꼭 밝혀내고야 만다.'

담벼락에 올라선 것은 낮에 만두를 먹으며 휘를 감시했던 사내였다.

최대한 소리를 죽여 움직이며 조심스럽게 별채를 향해 접근하는 그.

도둑이라고 하기엔 몸놀림이 보통이 아니었고, 살수라고 하기엔 어설픈 움직임을 유지하며 그가 마침내 휘가 머물고 있는 별채에 접근했다.

'그의 몸에서 풍기는 시기(屍氣)가 보통이 아니었어. 분명 시신으로 뭔가를 하지 않고선 있을 수 없는 일! 반드시 내가 밝혀낸다!'

홀로 사명감에 불타오르며 그가 별채에 발을 들이는 순간.

핑!

파파팍!

날카로운 소리와 함께 발 앞으로 세 발의 화살이 틀어박힌다.

"움직이면 아가리…가 아니라 대갈토…이 아니라, 아무튼 죽는다."

어느 새 활을 들고 선 화령이 섬뜩한 눈으로 사내를 바라보고 있었다.

이미 그가 담을 넘는 순간부터 눈치 채고 이곳에서 기다렸던 그녀였기에 그를 멈춰 세우는 것은 어렵지 않았다.

오히려 쏟아져 나오는 욕을 참느라 더 힘들지경.

"보통 사람들이 아니라 생각했지만 역시구나! 사악한

것들! 몸에서 풍기는 시기가 보통이 아니니 사람들을 보통 해한 것이 아닐 터! 내 오늘 여기서…!"

빠억!

놈의 장대한 말이 끝나기도 전에 달려들어 단숨에 머리를 후려갈긴 화령이 쓰러지는 놈을 보며 중얼거린다.

"뭐래, 병신이?"

"……."

뻗어 있는 놈을 내려 보는 휘.

처음엔 밖에 던져두는 것으로 일을 마무리 했었다.

'그랬었는데….'

"후…."

절로 한숨이 흘러나온다.

그동안 얼굴을 꽁꽁 숨기고 다녀서 못 알아봤을 뿐, 드러난 얼굴을 보니 휘가 잘 알고 있는 얼굴이었다.

아니, 잊을 수 없는 얼굴이었다.

'복마검왕(伏魔劍王)을 이런 곳에서 볼 줄이야.'

복마검왕.

어느 날 갑자기 나타나 연신 밀고 들어오던 일월신교의 앞을 막아선 자.

막강한 실력은 물론이거니와 마공과 상반된 무공을 익힌 그 때문에 일월신교의 고수들이 연신 뒤로 밀렸었다.

뿐만 아니라 일월신교의 날카로운 검이었던 암영들은 복마검왕에게 제대로 힘을 쓸 수 없어, 수도 없이 당했었다.

파마(破魔)의 힘을 가진 그의 앞에서 암영들은 무기력하게 쓰러졌었다.

휘 역시 몇 번이나 당했었다.

전생에서 자신의 앞을 막아서고도 무사한 몇 되지 않는 사람일 뿐만 아니라, 반대로 자신을 패퇴시킨 인물이기도 하다.

그랬던 자가 눈앞에 있으니 어찌 신기하지 않을 수 있겠는가?

"이것도 인연이라면 인연이겠지."

자신과 암영들의 몸은 전생과 달라진 것이 없다.

즉, 놈과 상극인 셈이다.

하지만 주변 상황은 아주 많이 달라졌다.

이것을 적극적으로 이용하여 그를 끌어들일 수 있다면, 위험은 줄이면서 휘의 손엔 또 다른 패가 하나 쥐어지는 꼴이다.

"안으로 들여다가 눕혀놔."

"이잉… 귀찮은데."

화령이 투덜거리면서 그를 가볍게 어깨에 걸치더니 빈방에 눕힌다.

방을 빠져나오며 화령이 고개를 갸웃거린다.

"응? 뭔가 이상한데… 뭐지?"

이상하다 싶긴 했지만 생각은 길지 않았다.

"에이, 몰라."

길게 생각하는 것은 애초에 그녀와 잘 맞질 않았다.

화령이 나간 뒤 휘는 의자 하나를 끌어다가 앉고선 그가 일어날 때까지 지켜보며 복마검왕의 정보를 떠올리려 애썼 지만.

'정보가 없군.'

알고 있는 것이 거의 없었다.

그나마 자신과 부딪치며 얻은 정보들이 있지만 그 이외 의 것은 알려진 것이 조금도 없었다.

출생, 문파, 나이… 심지어 이름까지도 알려진 것이 없다.

'당시 정보력을 총 동원하고서도 결국 얻을 수 있었던 것이 없었지 아마?'

흔들흔들.

촛불이 일렁이며 그의 얼굴을 비춘다.

남자라고 하기엔 선이 좀 얇지만 전체적으로 잘생긴 것 은 분명했다.

휘 역시 잘생기긴 했지만 약간의 차이가 있었다.

우웅.

그때 놈의 몸에서 미세한 기운이 흐르기 시작했다.

선명한 흰빛의 기운.

그와 함께.

따끔, 따끔.

우우웅.

피부가 따끔거린다 싶더니 몸 위로 문신이 드러나는 휘.

그날 동굴을 나온 이후 단 한 번도 모습을 드러낸 적이 없던 문신이 스스로 모습을 드러내고 있었다.

마치 그의 기운에 대항이라도 하려는 듯 검붉은 기운이 휘의 몸을 따라 흐르기 시작한다.

"흠… 역시나."

갑작스런 상황임에도 불구하고 의외로 휘는 침착했다.

아니, 애초에 이런 반응이 일어날 것이라 예상했다는 것이 더 정확할 것이다.

"불문은 아니고… 도가인가?"

전생에서도 놈과 맞붙어 싸울 때만큼은 문신이 스스로 모습을 드러내었었다.

파마의 기운에 대항하기 위해서라고 생각만 할 뿐이지만, 휘는 그것이 확실할 것이라 판단하고 있었다.

휘의 문신은 혈마제령공 그 자체나 마찬가지다.

다시 말해 휘의 바탕이나 마찬가지인 것이다.

상극의 힘을 만나며 스스로를 보호하기 위해 표면에 나선 것이기도 했다.

그것을 막을 수도 있지만 휘는 굳이 막지 않았다.

'기운이 돌기 시작한다는 것은 곧 깨어난다는 뜻.'

생각처럼 반각이 지나지 않아 그가 눈을 떴다.

팟!

눈을 뜸과 동시 재빨리 뒤로 물러서는 그.

"너, 넌 누구냐!"

덜덜덜.

소리치는 그의 몸은 떨고 있었다.

여전히 붉은 기운을 내며 문신을 드러낸 휘가 웃었다.

"일단 이야기를…."

"닥쳐라! 인간으로서 어찌 그런 기운을 낼 수 있단 말이냐! 넌 사람이냐 마귀냐!"

"그러니까…."

"내 오늘…!"

퍽!

덜썩.

앞으로 꼬꾸라지는 그를 보며 휘는 한숨과 함께 자리에서 일어섰다. 그와 함께 놈에 대해 하나 떠오르는 것이 있었으니…

"미친놈이었지…."

벌써부터 머리가 아파오는 것 같았다.

사람의 발길이 닿질 않는 계곡 깊은 곳.

아침이면 안개에 휩싸여 한 치 앞도 보이지 않는 이곳을 유유히 움직이는 한 사람이 있었다.

스슥, 슥.

마치 그가 오길 기다렸다는 듯 안개가 길을 터준다.

그렇게 얼마나 움직였을까.

그가 멈춰 섰다.

"호…."

감탄사를 내뱉는 사내의 앞엔 거대한 절벽이 자리를 잡고 있었는데, 그것 자체로도 대단했지만 정작 사내를 놀라게 하고 있는 것은 절벽의 한쪽에 뚫린 통로였다.

완전히 무너져 버린 통로.

"깨끗하게 무너졌군."

재미있는 듯 그가 손으로 통로를 가득 막다 못해 튀어나온 돌들을 쓰다듬는다.

"그래, 네가 살아있단 말이지."

자리에서 일어서는 사내.

"지옥에서 다시 기어 올라오다니, 대단하구나. 하지만… 사람에겐 어울리는 자리가 있는 법이지. 다시 돌려보내주마. 지옥으로."

휘잉-.

불어오는 바람이 사내의 얼굴을 가리던 두건을 날려 보내고.

할짝.

혀로 입술을 축이는 그.

"기다려."

스르륵.

안개 속으로 사라지는 그의 얼굴.

그 얼굴은 누군가를 닮아 있었다.

❖

"…그러니까 내 몸에서 시기가 풍긴다고?"

"예. 그래서 쫓아다녔습니다!"

자신의 말에 마치 갓 훈련을 받은 신병처럼 재깍재깍 대답을 하는 그를 보며 휘는 고개를 저었다.

일어나면 난동을 피우길 여러 번.

그때마다 때려서 기절을 시켰더니, 이젠 때리지 않아도 저런 식으로 대답을 할 정도가 되어버렸다.

하긴 시퍼렇게 물든 두 눈과 퉁퉁 부은 얼굴을 생각하면 그럴만하기도 했다.

"시기라… 그건 생각지 못했었는데. 쯧, 나중에 생각해 보기로 하고. 너."

"옛!"

"이름이 뭐지?"

휘의 물음에 잠시 머뭇거리던 그가 눈을 질끈 감으며 외쳤다.

"화, 화소운입니다!"

"화소운?"

"예!"

빠릿빠릿한 그의 말에 휘는 잠시 고민하곤 다시 물었다.

"너 출신문파가 어디야?"

"네?"

"출신문파."

휘의 물음에 소운은 눈을 질끈 감곤 대답하지 않았다.

또 맞는 한이 있더라도 그것만큼은 대답하지 않겠다는 의지가 엿보이는 모습에 휘는 혀를 찼다.

'역시 쉽게 대답하진 않는 건가.'

어차피 대답을 바라고 물었던 것은 아니었다.

시간을 두고 천천히 알아 가면 자연스럽게 알 수 있을 것이니까.

자신의 손에 쥐어진 패를 손쉽게 놓아 줄 정도로 휘는 멍청하지 않았다.

"좋아, 처음으로 돌아가서 내 몸에 시기가 흐른다는 것은 뭘 보고 말하는 거지?"

"내, 냄새가…."

"냄새?"

냄새라는 말에 자신도 모르게 손을 들어 냄새를 맡아보는 휘. 당연한 소리지만 냄새가 날 리 없다.

"그게… 저 한 테는 확실히 납니다. 진한 시기가요. 어지간한 장례사도 이런 냄새는 안 나거든요. 그래서 뭔가 있겠다 싶어서…."

눈치를 보며 끝말을 삼키는 소운을 보며 휘는 얼굴을 구겼다.

설마 자신한테서 그런 냄새가 나는 줄은 몰랐다.

아니, 그보다 소운처럼 냄새를 맡을 수 있는 자가 또 나타난다면 그것 역시 곤란했다.

시기를 감출 수 있는 방법이 있다면 모르겠지만, 처음 듣는 소리였기에 지금으로선 딱히 막을 방법이 없는 것이 사실.

자연스럽게 휘의 눈이 소운을 향한다.

"너 말고 또 이 냄새를 맡을 수 있는 사람이 있나?"

그 물음에 소운이 당당히 가슴을 피며 말했다.

"없습니다! 사부님께서도 저 같은 놈은 문파 역사상에서도 없다고 하셨⋯."

"그러니까 너만 없으면 이 냄새를 맡을 놈이 없다는 소리구나."

"그렇⋯죠?"

웃는 휘를 보며 소운은 울고 싶었다.

자신의 입이 또 다시 사고를 쳤음을 느낀 것이다.

"너. 당분간 나랑 다녀야겠다."

휘의 선고에 소운의 얼굴이 창백해진다.

"그, 그건 곤, 곤란합⋯."

파파팍!

말을 끝마치기도 전에 소운의 앞으로 틀어박히는 여러 대의 화살.

팅, 팅.

조용히 시위를 손가락으로 튕기며 화령이 소운을 노려본
다.

으득.

이를 갈며.

'감히 주인님의 말씀에 토를 달아? 죽고 싶어? 앙?'

듣지 않아도 들리는 것 같은 그녀의 목소리에 소운의 시
선이 절로 바닥을 향한다.

그 사실을 알면서도 휘는 막지 않았다.

지금으로선 어떤 방법을 쓰든.

그가 필요했다.

"시기라는 것은 생기와 반대되는 성질의 것입니다. 쉽게
들 사기(死氣)라고 하는 것인데, 엄밀히 따지면 사기에도
종류가 몇 있습니다."

말을 하며 소운이 먹이 가득 묻은 붓을 들어 종이 위에
휘갈긴다.

"그 중에서 가장 심각하게 보는 것 중 하나가 바로 시기
입니다. 시기는 보통 장례사에게 느껴지는데, 반대로 장례
사가 아닌 자에게서 시기가 느껴진다는 것은 시신을 이용해
뭔가를 했다는 뜻이 됩니다. 예를 들면… 죽은 자의 신체를
이용해 인피면구를 전문적으로 만드는 자들도 있지만, 사람
을 죽인 뒤 그 시신을 가지고 이해 할 수 없는 짓을 하는 자
들도 있습니다. 그런 자들일 수록 시기가 높아지는데… 두
분 역시 그런 자들이 아닐까 했습니다."

잠시 말을 마친 소운은 식은 차를 단숨에 들이키곤 다시 말을 이었다.

"마지막으로 최악은 시신을 가지고 강시(殭屍)를 만드는 자들입니다. 강시는 죽은 자들을 괴롭히는 짓 밖에 되지 않습니다. 본래 강시는 죽은 자들을 고향으로 데려가 묻어주기 위해 만들어진 도술(道術)입니다. 허나, 그것이 변질되어 강시로 사람을 헤하는 것으로 바뀐 것입니다."

"그래서 시기를 막을 수 있는 방법은?"

휘의 물음에 소운은 눈치를 보며 말했다.

"없습니다. 시신에서 떨어지면 모를까…."

"쯧. 어쩔 수 없지."

아쉽긴 했지만 상관없었다.

어차피 자신들에게서 풍기는 시기를 눈치 챌 사람은 눈앞의 소운 밖에 없었다.

만약이라는 것이 있긴 하지만 적어도 휘가 아는 한 소운 이상 가는 실력자는 없을 것이니, 문제는 없을 것이었다.

그보다 휘의 관심을 끄는 것은 소운의 실력이었다.

'아직까진 그때 만하진 않은 모양인데….'

눈앞의 소운은 자신이 알고 있던 소운과 전혀 다른 실력을 지니고 있었다.

나름 자신의 실력에 자신이 있는 것 같지만 그뿐이다.

휘나 화령의 입장에서 보자면 코웃음 밖에 나오지 않는 것이다.

전생에서의 소운이라면 아무렇지 않게 자신들에게 칼을 휘둘렀겠지만, 지금은 자신과 화령의 눈치만 보고 있을 정도였다.

"어쨌거나 실력을 확인해 봐야 하겠지…"

"예, 예?"

깜짝 놀라는 그를 뒤로하고 휘가 화령을 보았다.

"…아니다. 내가 하는 게 낫겠군."

"주인님의 손을 더럽히실 수는 없습니다! 이런 일은 제가…!"

"됐어. 내가 한다."

단호한 휘의 말에 화령이 고개를 숙이며 물러선다.

'화령에게 맡겼다간… 남아나질 않겠지.'

마지막에 생각을 돌려세운 것이 소운을 살렸지만, 그것을 정작 모르는 소운은 식은땀을 흘리며 당황해 하고 있었다.

"나가지."

먼저 앞서는 휘를 보며 소운이 길게 한숨을 내쉰다.

이미 자신의 실력으론 그를 어찌 할 수 없다는 것을 몸으로 체득한 뒤였기에, 뒤를 따르는 소운의 발걸음이 유독 느렸다.

다만 계속 그럴 순 없었던 것이.

"안 뛰어?! 어디서 주인님보다 느리게 움직이려고…! 확 그냥!"

타닥!

화령의 목소리가 들리기 무섭게 소운이 뛰어나간다.

그 모습마저 마음에 들지 않는다는 듯 화령이 소운의 등을 째려보고 있었다.

휘리릭!

파바밧!

유려하게 눈앞을 수놓으며 날아드는 수많은 검.

눈을 유혹하며 빠져나갈 틈이 없을 것만 같은 검의 움직임에도 중심에 선 휘는 미동도하지 않았다.

대신 휘의 시선은 처음부터 끝까지 진짜 검만을 뒤쫓는다.

그렇게 검이 몸에 닿으려는 순간.

쩡!

휘의 손이 가볍게 소운의 검을 쳐낸다.

검을 통해 손바닥이 찢어져라 전해지는 충격에 일순 검을 놓칠 뻔 했지만, 소운은 이를 악물고 검을 쥐었다.

그리고 반보 뒤로 걸었다가, 앞으로 크게 한 걸음 내딛으며 빠르게 검을 찔렀다.

파팡! 팡!

순차적으로 허공의 방위를 점하며 날아드는 검.

한번 꺾일 때마다 검의 위력과 날카로움이 더해지지만 여전히 휘의 눈은 차갑기 그지없다.

그렇게 얼마나 이어졌을 까.

더 이상 볼 것이 없다 여긴 휘는 목을 노리고 날아드는
검을 강하게 쳐냈다.

"켁!"

휘리릭, 퍽!

짧은 비명과 함께 소운의 손을 벗어난 검이 땅에 틀어박
히고, 소운 역시 뒤로 물러선다.

찢어지진 않았지만 얼얼한 손을 연신 주무르며.

"이 정도라면… 실망인데. 가진 걸 다 보여 봐. 그 특이
한 기운을 제대로 운용해 보라고. 내게 제대로 된 상처를
입힌다면… 풀어주지."

"…그 말. 지켜야 할 겁니다."

"난 거짓말을 하지 않아."

작게 웃으며 말하는 휘를 본 소운의 시선이 빠르게 돌아
간다. 그리곤 다시 검을 쥐었다.

"어떻게 알 고 있는지는 모르겠지만… 아까전과는 다를
겁니다."

휘잉.

말을 마친 소운이 내공을 끌어올렸고, 그 순간.

주변의 공기가 바뀐다.

섬뜩하고, 날카로운 기운이 아니었다.

평온하고, 따뜻한 기운이 그의 몸을 중심으로 퍼져나간
다.

"흐응…."

파직, 파직.

그 기운에 반응하는 몸을 내리 누르며 휘는 만족스런 얼굴로 고개를 끄덕였다.

소운이 본격적으로 자신의 기운을 운용하자 밤에 그랬듯 문신이 다시 드러나려는 것을 휘는 눌러 막았다. 그날은 어두워 소운이 보지 못한 것 같지만 지금은 대낮.

굳이 보일 필요가 없는 것이다.

'전생에서 녀석의 검은 자연에 가까웠다. 때론 바람처럼 자유로웠고, 때론 파도처럼 강했으며, 때론 폭풍처럼 몰아쳤지. 그런 수준이었으니 놈들의 앞을, 내 앞을 막아설 수 있었던 것이겠지. 시간을 두면 분명 그 수준까지 올라오겠지만… 그래선 늦어.'

전생에서 복마검왕의 등장은 중원무림에 큰 힘을 주었지만, 늦은 감이 없잖아 있었다.

그보다 조금만 빨리 등장했다면… 중원 무림은 그렇게까지 몰리지 않았을 지도 모른다. 아니, 최소한 스스로 정비할 시간은 있었을 것이다.

일월신교 역시 그의 등장으로 고생한 것은 사실이지만 전체적인 판도에선 큰 변수가 아니었다.

'그 뒤로는 나도 모르지만.'

휘 역시 그 뒤로는 자세한 것은 몰랐다.

왜냐면… 그쯤해서 자유를 얻었던 것이다.

그리고 얼마 지나지 않아 죽었고.

'생각해보면 이렇게 자유롭게 움직이고, 느끼는 것. 이 모든 것이 얼마 되지 않았구나. 그렇게나 원했던 것인데 어느 새 너무나 익숙해져 버렸어.'

입이 쓸 때.

소운이 움직였다.

저벅, 저벅.

서서히 검을 휘두르며 걷는다.

서두르지 않고 걸으며 검을 휘두르는 것.

하지만 그 걸음은 결코 멈추지 않는다.

휘휘휙!

점차 빨라지는 소운의 검.

잔잔한 바람이 곧 커다란 폭풍이 되어 휘를 덮쳤지만….

'아직 약해.'

약했다.

파직, 파직.

몸이 반응하지만 전생에서의 반응과 차원이 다른 정도다.

그때의 반응이 비유를 들면 호랑이한테 물린 것 같다면 지금은 벌레가 문 것 같다.

파바밧!

휘의 반응이 어떻든 소운의 검이 거칠게 휘를 향해 날아든다.

마치 정해진 검로가 없다는 듯 날아드는 순간에도 여러

차례 바뀔 뿐만 아니라, 검이 여럿 나뉘었다가, 줄었다가 한다.

환검(幻劍)이라기 보단 산검(散劍).

그 종잡을 수 없는 공격은 보통의 무인이라면 당해내기 어려웠겠지만 휘에겐 아무것도 아니었다.

아니, 화령이 상대였더라도 크게 어렵지 않았을 것이다.

떠엉-!

날아든 검을 마치 파리를 쳐내듯 손등으로 쳐내는 휘.

소운 역시 기회를 놓치지 않겠다는 듯 빠르게 검을 회수해 연신 공격을 쏟아 붙는다.

그 기세가 사뭇 심상치 않았다.

우우우!

"응?"

파팡! 팡-!

이상함을 느낀 것은 얼마 지나지 않아서였다.

검을 튕겨내는 힘이 처음엔 일정했는데, 시간이 흐를수록 점차 강해지고 있었다.

뿐만 아니라 소운의 검에 담긴 힘 역시 점차 커지고 있었다.

마치 눈사람을 만들 듯 걷잡을 수 없이.

쩌정!

"큭!"

굉음과 함께 휘의 손이 튕겨져 나가며 빠르게 뒤로 물러서는 휘.

멈출 생각이 없는 듯 소운이 빠르게 뒤를 쫓는다.

스컥!

날카롭게 목을 노리고 날아드는 검을 고개를 숙여 피해
낸 휘는 즉시, 소운의 품으로 파고들며 몸을 부딪쳤다.

텅!

강한 충격과 함께 뒤로 날아가는 소운.

촤악!

그냥 물러서진 않겠다는 듯 억지로 휘두른 검이 날카롭
게 휘의 옷자락을 자른다.

"이런…."

얼굴을 찌푸리는 휘.

옷이 잘린 것 때문이 아니었다.

어느 새 자세를 잡고 기운을 끌어올리는 소운 때문이었
다.

소운의 몸에서 연신 기운이 뿜어져 나오는 것과 달리…
그의 두 눈엔 촛점이 없었다.

텅 빈 두 눈.

그것이 의미하는 것은 몇 가지 있지만 지금의 상황에서
유추 할 수 있는 것은 하나.

'제어를 못하고 끌려가는 거구나. 그래서…'

이제야 소운이 제대로 힘을 쓰지 못했던 이유를 알 수 있
었다.

더불어 전생에서 그가 왜 뒤늦게 나타났었던 것 까지도.

 '이 힘을 제어 할 수 없었기 때문이었어. 스스로 힘을 제어하지 못할 정도라면….'

휘의 머릿속이 복잡해지지만 그의 몸은 정직하게 움직였다.

다가서며 검을 휘두르는 그를 일찍부터 막아서며, 빠르게 손을 휘둘렀다.

쩌저정!

쩡!

검과 손이 부딪치며 나는 소리라곤 믿을 수 없는 강렬한 소리가 후원에 울려 퍼지고.

소리만큼 주변에 강한 여파를 남긴다.

"아… 재미있겠다."

입을 다시며 화령이 뒤로 물러서선 날아드는 기파에 건물이 상하는 것을 어렵지 않게 막아낸다.

그런 화령과 달리 휘의 손은 더욱 빨라지고 있었다.

 '의식이 없는 것치곤 너무 위력적이야.'

손을 통해 전달되는 충격이 보통이 아니었다.

휘 자신이 그렇게 느낄 정도라면 어지간한 무인은 튕겨내는 게 아니라, 튕겨 날 것이 분명했다.

그만큼 소운의 검에 실린 힘은 막강한 것이었다.

또 한 가지 휘가 쉽게 소운을 제압하지 못하고 있는 이유.

그것은 소운이 뿜어내고 있는 기운이 점차 짙어지고 있기 때문이었다.

파지직!

그 기운에 대항하기 위해 온 몸이 따가울 정도다.

'그래도… 이 정도에서 멈춰야겠지.'

"흡!"

숨을 크게 들이쉬는 그 순간.

위잉!

이제까지완 비교 할 수 없는 힘이 휘의 손에 집중되고!

짧은 틈을 놓치지 않고 심장을 향해 직선으로 찔러 들어오는 소운의 검을 향해 휘둘렀다.

콰쾅!

"컥!"

우당탕탕!

덜썩.

굉음과 함께 소운이 비명과 함께 뒤로 튕겨나며 쓰러졌고, 휘는 호흡을 조절하며 손을 털었다.

"후… 나쁘진… 응?"

손을 내려다보는 휘.

스믈스믈.

그곳엔 작지만 상처가 생겨있었고, 그 상처를 통해 피가 흘러나오고 있었다.

겨우 한 방울이지만 소운이 휘의 손에 상처를 입힌 것이다.

피식.

"역시 라고 해야 하나?"

손을 털며 휘는 웃었다.

환생한 이후 상처하나 생기지 않았던 몸에 처음으로 상처가 생겼다.

"난 거짓말을 하진 않아. 그렇다고… 내게 불리한 말을 하지도 않지만."

쓰러진 소운을 보며 웃은 휘가 반대쪽을 보며 재차 입을 열었다.

"괜찮은 실력이지?"

그의 말이 떨어지기 무섭게.

츠츠츠.

스슥.

"암영 백차강이 암군을 뵙습니다."

"암영 도마원이 암군을 뵙습니다."

"암영 연태수가 암군을 뵙습니다."

"암영 사마령이 암군을 뵙습니다."

조용히 모습을 드러내며 일제히 무릎 꿇으며 인사를 올리는 네 사람.

"수고했다."

어느 새 그들의 곁에 합류하는 화령을 보며 휘는 웃었다.

이들 다섯이야 말로 휘의 수족이자 암영의 핵심이었다.

금제를 풀어내고 자신의 뜻대로, 생각대로 움직일 수 있는 자들.

암군의 수족이 한 자리에 모였다.

한자리에 모여 앉은 암영들을 보며 휘는 만족스런 미소를 지었다.

온통 검은 천으로 온 몸을 가리고 밖으로 노출되는 것이라곤 두 눈밖에 없는 사내, 백차강이 먼저 입을 열었다.

"주군의 건강한 모습을 뵈니 이제야 마음이 놓이는 것 같습니다. 내리셨던 명령은 보고 드린 데로 잘 처리했습니다. 이후 문제가 될 것은 없습니다."

"주인의 명. 완수. 했다."

백차강의 뒤를 이은 것은 도마원이었다.

거대한 덩치와 흉악한 얼굴은 쉬이 사람들이 접근하지 못하게 만들었지만, 누구보다 우직한 자였다.

그저 말이 좀 서툴 뿐.

그의 뒤를 이어 연화령의 동생 연태수가 입을 열었다.

"대장의 명령대로 뒤처리 깨끗~하게 정리하고 왔습니다. 누님이 일찍 돌아가는 바람에 시간이 좀 걸리긴 했습…아, 아닙니다. 잘 처리했습니다, 대장."

말을 하는 도중 화령의 눈을 바라본 그의 얼굴이 창백해지며 재빨리 말을 바꾼다.

화령을 닮은 얼굴은 아주 잘 생겼지만, 얼굴을 사선으로 가로지르는 흉터가 선명하다.

마지막으로 입을 연 것은 누구보다 큰 키를 지녔지만 호리호리한 몸을 지닌 사내였다.

"저 역시 주공의 명령을 완수하였어요. 홍홍. 시간이 촉박하지만 않았어도 좀 더 재미를 볼 수 있었는데, 그건 좀 아쉽네요. 홍홍홍!"

분명 사내임에도 불구하고 여성적인 말투와 손짓.

그 모습이 새삼스러울 것도 없는 듯 모두들 모르는 척 한다.

단순한 보고만으로도 드러나는 다섯 사람의 개성에 휘는 만족스럽게 고개를 끄덕였다.

이들 다섯이 정신을 차리고 자신을 따르자, 휘는 암영을 다섯 조로 나누었다.

그리곤 각자에게 조를 이끌 권한을 주었는데, 그 능력을 이들은 십분 살려 휘의 지시대로 잘 움직이고 있었다.

"이제 곧 놈들과 본격적인 싸움에 들어간다. 놈들의 뿌리는 이미 중원 깊숙한 곳까지 뻗어있기에 어려운 싸움이 되겠지만… 우리는 할 수 있다. 놈들에게 충분히 제대로 한 방 먹여 줄 수 있다."

"흐흐… 제대로 박살내 버립시다, 대장."

"입 다물어라. 어디서 어린놈이 아가… 입을 놀려?"

"……."

괜히 나섰다가 누나인 화령에게 욕을 받아먹은 연태수가 조용히 고개를 숙이고.

"너희가 고생을 하게 되겠지만 당분간 우리는 한 곳을 집중 공략한다. 일월신교의 손이 가장 미치지 못했으면서도 무림사에 한 획을 그은 곳이다."

"…천마신교를 말씀하시는 것입니까?"

휘의 말을 바로 알아들은 백차강의 말에 휘는 고개를 끄덕였다.

그에 백차강이 재차 말했다.

"그들이 한 때 대단한 힘을 발휘한 것은 사실이지만, 지금은 완전히 무너졌습니다. 이제 제대로 된 힘을 발휘하지 못하는 그들이 도움이 되겠습니까?"

그의 말은 사실이었다.

간단하게 말해서 천마신교는 망했다.

천년을 이어오며 융성한 세력을 자랑했던 그들은 어느 날 일어난 내분으로 인해 크게 세력을 잃어야 했다.

뿐만 아니라 싸움 도중에 일어난 각종 사고로 인해 수많은 무공들을 잃어야했고, 덕분에 사고가 일어난 지 백년이 되어가는 지금에도 그들은 일어서지 못하고 있었다.

무림에서도 이젠 그들을 중소문파 취급하고 있을 정도.

그런 상태에서 그들이 일월신교와의 싸움에 도움이 될 것이라곤 누구도 생각 할 수 없었지만… 휘는 달랐다.

"도움이 되겠지. 그것도 아주 제대로."

전생의 기억을 떠올리며 휘는 웃었다.

8 章

　천마신교하면 떠올리는 몇 가지가 있는데, 그중에서도 대표적인 것 중 하나가 바로 십만대산이다.

　그들이 둥지를 튼 천혜의 요새이자, 오직 그들이기에 살아가는 것이 가능한 오지(奧地).

　융성한 세력을 자랑하던 천마신교가 자멸하며 끊임없이 그곳으로 향하던 사람들의 발걸음 역시 끊어졌다.

　더 이상 사람들이 찾지 않게 되어버린 십만대산.

　그 입구에 휘가 섰다.

　"여, 여길 간다고요? 흐… 흐하하하! 드디어 이 몸의 진가를 보일 때가 왔군요! 제 검이라면 그 어떤 마인이라 하더라도 능히 이겨 낼 수 있을…"

"닥치지?"

입을 떠벌이려는 소운의 입을 틀어막은 것은 화령이었다.

그녀의 강렬한 눈빛에 소운은 조용히 고갤 숙인다.

이곳까지 오는 동안 도망도 쳐봤고, 반항도 해봤지만. 그때마다 번번이 그녀의 손길을 고스란히 느껴야 했다.

이제와선 그녀의 눈빛만 봐도 알아서 행동을 할 정도가 되었으니, 얼마나 맞았는지 말 안 해도 알 수 있으리라.

하지만 고개를 숙인 소운의 두 눈은 크게 떨리고 있었다.

그 눈을.

휘와 화령은 보지 못했다.

"주인님, 아직도 그들이 이곳에 있을 까요?"

그녀의 물음에 휘는 당연하다는 듯 고개를 끄덕였다.

"세력이 약화되었다곤 하지만 그들은 천마신교. 그 정통성을 버릴 생각이 없다면 십만대산을 떠나지 않았겠지."

"차강이의 보고에 따르면 그들이 외부에 모습을 보인 것이 삼십년 전이 마지막이라고 하는데… 정말 괜찮을까요?"

그 물음에 휘는 웃기만 할 뿐 답하지 않았다.

그리고 십만대산을 향해 발을 내딛었다.

아무렇게나 자란 머리카락과 드문드문 난 수염.

큰 키와 균형 잡힌 근육.

몸에서 풍기는 야생의 기운은 사내에게 시선을 집중시킬 수밖에 없게 만드는 매력을 지니고 있었다.

휙- 휙!

연신 무거운 쇠봉을 휘두르는 그의 몸에선 연신 땀이 흘러나오며 사방으로 비산한다.

벗어던진 상의 덕분인지 그의 근육이 연신 꿈틀대며 매력을 발한다.

"무슨 일이냐?"

쿵.

쇠봉을 내려놓으며 사내가 입을 열자 어느 사이에 그의 뒤편으로 한 사람이 나타난다.

"외부인이 십만대산에 발을 들였습니다."

"약초꾼이나 사냥꾼은 아니고? 아니면 길을 잃었거나."

"무인입니다. 움직임을 봐선 본교를 찾는 것 같습니다."

스윽.

수하의 보고에 손 등으로 땀을 훔쳐낸다.

그와 함께 머리카락이 들어 올려 지며 사내의 얼굴이 드러났는데, 야생미 넘치는 육체처럼 강인한 인상의 사내였다.

"공교로운 시기로군."

"어찌 할까요?"

"좋은 기회겠지. 호령이를 보내 시험해 보도록."

"존명."

대답과 함께 모습을 감추는 사내.

다시 홀로 남은 사내는 쇠봉을 들었다가 다시 내려놓으며 하늘로 시선을 돌린다.

"좋은 일이 있으려나⋯."

십만대산이 험하다고 한 들 어렵지 않게 천마신교를 찾을 수 있을 것이라 생각했던 휘의 예측은 완전히 어긋났다.

그 명성처럼 십만대산은 그 속을 제대로 보여주지 않았다.

수도 없이 많은 산을 넘었고, 흔적이 조금이라도 보이는 곳은 철저히 조사했다.

그럼에도 불구하고 휘들은 천마신교의 흔적을 찾을 수가 없었다.

"정말⋯ 있는 겁니까?"

오죽하면 입 다물고 따라다니던 소운이 불만을 터트릴 정도.

물론 어느 새 날아드는 화령의 주먹에 금세 다물었지만.

벌써 며칠 째 움직였지만 앞으로 얼마나 더 움직여야 하는 것인지 휘도 짐작 할 수 없었다.

'분명 이곳에서 움직이지 않은 것은 확실한데….'

한 가지 확실한 것은 그들은 아직 이곳 십만대산에 있다는 것이다.

전생에서 휘는 천마신교와 싸운 적이 단 한 번도 없었다.

하지만 그들의 최후는 알고 있었다.

왜냐하면 천마신교를 두 번 다시 일어서지 못하게 만들어버린 것이 바로 일월신교였으니까.

휘가 암영을 이끌고 중원 무림을 공략하고 있을 때, 일월신교의 고수들이 움직여 천마신교를 무너트렸다.

일월신교에 무너질 정도로 천마신교가 약해졌다는 증거지만, 그럼에도 불구하고 휘가 이들을 찾는 것은 그것을 극복해낼 방법을 알고 있기 때문이었다.

'그것만 손에 넣을 수 있으면 천마신교는 다시 부활 할 수 있겠지. 내게 큰 힘이 되어 줄 것이고.'

천마신교의 부활.

그것이 무림에 가져올 변화는 어마어마할 것이었지만 휘는 개의치 않았다.

어차피 휘의 목표는 따로 있다.

그 목표만 이루고 난다면… 무림이 어찌되건 상관없는 일인 것이다.

그렇게 하루를 더 움직였을 때였다.

"이건…."

마침내 흔적을 찾았다.

꽤나 넓은 공터 곳곳에 파괴된 거대한 돌들이 놓여 있다.

반듯하게 잘려나간 돌들은 성벽의 일부가 분명했고, 잡초가 우거져 있지만 이곳에 천마신교로 향하는 관문이 서 있던 자리의 흔적이 고스란히 남아 있었다.

"사람의 흔적은 없어요, 주인님. 꽤나 오랜 시간 접근이 없었⋯ 그래도 아예 눈을 떼고 있던 것은 아닌 모양이네요."

이야기를 하다 말고 화령이 한곳을 바라보며 웃었다.

어느 새 활에 시위를 걸어 강하게 당긴 채 멈춘 그녀.

휘의 명령이 떨어지는 순간 화살은 허공을 가를 것이지만, 휘는 명령을 내리지 않았다.

그의 기감에도 서서히 접근하는 자들이 걸려들기 시작한 것이다.

기감을 크게 펼치지 않았던 상태였기에, 눈이 좋은 그녀가 먼저 멀리 떨어진 채 움직이는 그들을 발견했던 것이다.

"물러서도록."

"예."

휘의 명령에 조용히 시위를 제자리로 돌리며 뒤로 물러서는 화령.

화령의 곁에서 소운이 긴장한 얼굴로 정면을 바라본다.

파바밧!

딱히 정체를 감출 생각도 없다는 듯 빠르게 모습을 드러내는 자들.

그 숫자는 겨우 서른 남짓 했지만 하나하나가 풍기는 기세는 보통이 아니었다.

마지막으로 한 청년이 그들의 앞에 섰다.

평범한 얼굴과 몸을 지녔지만 어딘지 모르게 사나워 보이는 눈매를 지닌 청년.

그의 등에 걸린 거대한 도가 버거워 보인다.

"무슨 목적으로 이곳을 찾은 것이냐."

당당하고 힘이 실린 목소리로 묻는 그의 물음에 휘는 차분하게 답했다.

"천마신교. 그것 밖에 없겠지."

"목적은?"

"그건 너희들이 알아내야 하지 않을까?"

다분히 장난기 섞인 휘의 말에 청년의 눈썹이 꿈틀거리고. 그와 동시 그들에게서 진한 마기가 흐르기 시작한다.

"무슨 목적으로 본교를 찾는지 모르겠다만… 본교를 무시한 죄. 결코 가볍지 않다!"

쿠오오오!

도를 뽑아든 청년에게서 강렬한 마기가 흘러넘치고, 그것은 저들 중에서도 가장 강력했다.

그것이 뜻하는 바는 단 하나.

눈앞의 청년이 저들의 대장이라는 것.

'그리고 천마신교의 무인이라는 것이겠지. 생각보다 나쁘진 않은 상태지만… 약하군.'

솔직한 휘의 판단이었다.

단순히 휘 자신의 실력에 빗대어 생각한 것이 아니었다.

일월신교의 고수들과 비교하면 저들의 능력은 너무나 약했다.

이대로라면 휘가 알고 있는 미래처럼 일월신교에 의해 사라질 것이 뻔했다.

그렇게 휘가 잠시 생각에 빠진 틈에 청년의 신형이 빠르게 움직인다.

단숨에 거리를 줄이며 휘의 정면으로 달려든 그의 도가 하늘에서 땅을 향해 강하게 휘둘러진다!

"죽거든 염라대왕에게 전해라! 나 호령에게 죽었다고!"

콰콰콱!

자신의 이름을 호령이라 밝힌 청년의 도가 휘의 몸을 가르려는 그 순간.

핑.

쩌어어엉!

허공을 격하고 단박에 날아든 화살이 도의 넓은 면을 때려 맞춘다.

궤적이 일그러진 도가 허무하게 허공을 가르며 휘의 옆을 내려치고.

쩌적!

땅이 갈라진다.

일합에 실은 힘이 대단함을 단적으로 보여 준 것이지만, 호령은 빠르게 뒤로 물러서며 자신의 도를 맞춘 화살을 보았다.

어디서나 흔하게 볼 수 있는 화살.

그리고 시선이 화살의 주인을 향하고.

"감히… 주인님에게 무슨 짓이야! 개자식아!"

그곳엔 화가 머리끝까지 치밀어 오른 화령이 있었다.

후욱!

호령의 신형이 빠르게 화령을 향해 달려든다.

거칠 것 없는 움직임으로 단숨에 접근하는 놈을 향해 화령을 비릿한 미소를 지어보이며 활시위를 놓았다.

피핑! 핑!

날카로운 소리가 울려퍼지고.

호령의 미간을 노리고 정확하게 날아가는 화살.

"흡!"

기합과 함께 어렵지 않게 그 거대한 도를 휘둘러 화살을 쳐내는 호령.

하지만 금세 그의 얼굴이 당혹감으로 물든다.

"이익!"

이를 악물며 재빨리 도를 세워 날아드는 화살을 막는 그.

따다당! 땅!

찰나의 순간 그의 도에 부딪치는 세 개의 화살.

그 짧은 순간 화령은 첫발을 쏘아낸 뒤 연거푸 세 발의 화살을 더 쏘아낸 것이다. 완벽한 시간차를 두고.

덕분에 호령의 발걸음 역시 멈춰 섰고.

우우웅-!

화령의 활에 막대한 기운이 몰리며 시위가 강하게 떤다.

멈춘 적을 상대하는 것은… 궁사에게 먹잇감이나 다름없었고, 그 기회를 놓칠 만큼 화령 역시 바보가 아니었다.

"꺼져."

차가운 말과 함께 시위가 놓아지고.

쐐애액!

이제까지와 비교 할 수 없는 거친 소음과 함께 화살이 강하게 회전하며 호령을 향해 날아간다.

화살을 보며 보통이 아니라 판단한 호령 역시 도에 강하게 내공을 불어 넣는 동시 몸을 뒤로 튕겼다. 그와 함께 화살을 쳐내기 위해 휘두르는 도!

쩌엉!

둔탁한 굉음과 함께 손이 찢어져라 전달되는 고통에 호령의 얼굴이 일그러진다.

"큭."

타탁, 탁.

연신 뒤로 물러서는 호령.

그만큼 그녀가 내공을 실어 날린 화살의 위력이 강력했다는 반증.

하지만 더 큰 문제는.

우우…!

다시 한 번 그녀의 활이 강하게 떨고 있다는 것이었다.

"빌어먹을!"

호령의 얼굴이 다시 일그러진다.

"저, 저래도 되는 겁니까? 저들을 찾아 온 것인데…."

소운이 놀란 목소리로 묻자 휘는 가볍게 대답했다.

"괜찮아. 저러면서 크는 거니까."

"예?"

난데없는 말에 소운이 놀라는 사이 휘의 시선이 한곳을 향한다.

'언제까지 지켜보고 있을 수 있을까?'

그 시선의 끝엔 어느 사이에 나타나 둘의 싸움을 지켜보고 있는 한 사내가 있었다.

'느껴지는 기운으로 봐선 천마는 아닌 것 같고, 심부름꾼 정도 되려나? 이건 시험이고.'

저들의 의도를 생각하며 휘는 속으로 웃었다.

다 망해버린 곳이라곤 하지만 이런 식으로 사람을 시험하는 것은 그들 나름대로의 자존심일 것이었다.

'그 자존심이 천마신교를 유지하게 해준 원동력이겠지.'

귀찮을 법도 하지만 휘는 저들의 방식을 반기고 있었다.

이런 식으로 한다는 것은 아직 저들의 자존심이 살아있다는 것이고, 강해질 의지가 있다는 말과 같으니까.

자신이 건넬 선물로 인해 천마신교는 과거의 힘을 찾게 될 것이 분명했다.

물론 과거의 융성했던 모습을 되찾는 데는 오랜 시간이 걸리겠지만 그것만으로 충분했다.

'일월신교를 견제하기엔 충분하겠지.'

아니, 견제를 하다못해 충분히 놈들의 턱밑을 노릴 날카로운 검이 될 수도 있었다.

그렇게 휘가 생각에 빠져든 사이 화령의 화살이 빠르게 호령을 향해 날아간다.

콰쾅-!

굉음과 함께 폭발하는 화살.

막대한 내공이 실린 화살은 나무, 바위, 땅 할 것 없이 화살촉이 닿는 순간 폭발해 버렸다.

바꿔 말하면 호령의 도 역시 마찬가지.

콰쾅! 쾅!

으드득!

이를 악문 호령은 억지로 화살을 튕겨내기 보단 몸을 움직여 화살을 피해내었다.

힘으로만 상대하려고 했다간 자신이 손해라는 사실을 뒤늦게 깨달은 것이다.

"호?"

그 변화에 화령이 빠르게 반응했다.

그것은 명백한 비웃음.

호령에겐 안타까운 말이지만 처음부터 그는 화령의 상대가 될 수 없었다.

"아가, 엄마 젖이나 더 빨고 와라."

파파팍!

말과 함께 그녀의 손이 보이지 않을 정도로 빠르게 속사가 이어지고.

떠더덩! 떵!

떠엉-!

둔탁한 소음과 함께 호령의 신형이 연신 뒤로 물러선다.

믿을 수 없다는 눈으로 그녀를 보며.

"대가리에 구멍 안 뚫리는 걸 다행으로 여겨라. 명령만 없었으면 그냥 확…!"

웃으며 활을 정리해 몸에 거는 그녀.

둘의 싸움이 끝나기 무섭게 호령의 앞으로 한 사람이 모습을 드러낸다.

"그대들의 목적은?"

차가운 인상의 사내는 말투마저도 차가웠다.

딱딱한 그의 말에 휘가 입을 연다.

"시험은 끝났을 테니, 이제 슬슬 만나보고 싶은데? 천마를."

"…목적은?"

휘의 말에도 사내는 끝까지 목적을 되풀이해 물었다.

그리고.

쿠웅!

뭔가가 떨어진 것 같은 환청과 함께…

휘의 기운이 사방을 점했다.

후욱.

무거운 기운이 연신 그들의 몸을 짓누른다.

"넌… 자격이 없어."

정확히 천마신교 무인들에게만 가해지는 강렬한 기의 압박에 사내는 이를 악물었다.

"목… 적은?"

주륵.

입가로 피가 흐른다.

내상을 입고서도 그의 눈은 휘를 향하고 있었다.

'이것 봐라?'

대단하긴 했지만 그뿐이다.

이전에도 그랬고, 앞으로도 그럴 것이다.

그에겐 자격이 없었다.

휘와 대화를 할 자격이.

그랬기에 휘의 시선이 한곳으로 향했다.

기운을 거둬들이며.

"이쯤이면 되겠지?"

휘의 시선을 따라 모두의 눈이 한 곳에 집중되고.

저벅저벅.

낮은 발걸음 소리와 함께 산발을 한 사내가 모습을 드러낸다. 그의 등장과 함께.

"천마를 뵙습니다!"

신교 무인들이 오체투치한다.

❖

천마신교의 본거지라곤 믿을 수 없을 정도로 평화로운 마을이 있었다.

작은 개울이 마을의 중앙을 가로지르고, 개울의 주변으로 아이들이 뛰어놀고 마을 외곽으로는 농사를 짓는 자들이 제법 많았다.

화려한 전각과 마을을 감싸는 높은 성벽은 존재치 않는다.

"그날 이후 본성은 더 이상 사람이 살 수 없을 만큼 망가져 버려서 이곳으로 이주를 한 상태지. 사람이 살아갈만한 땅이 그리 많지 않다 보니 선택지가 얼마 없기도 했지만."

마을을 내려다보는 곳에서 사내, 천마는 휘를 향해 끝도 없이 입을 놀렸다.

왜 자신들이 이곳으로 옮겨왔고, 이곳에서 어떻게 살고 있는지. 그 모든 것을 그는 이야기했고, 휘는 조용히 들었다.

그렇게 한 시진 쯤 지났을 때.

마침내 그의 입이 다물어졌다.

"이제 제대로 된 이야기를 할 수 있겠군."

"어느 정도 배경을 알아야 이야기를 할 수 있을 테니까."

천마는 휘의 이야기에 빙긋 웃으며 지금까지 왜 이야기를 한 것인지 의미를 알려준다.

휘 역시 어느 정도 짐작하고 있었기에 그것을 다 듣고 있었던 것이지만.

"목적이 뭐지? 설마 나한테도 자격이 없다고 하진 않겠지?"

야성미 넘치는 모습과 달리 어딘지 모르게 가벼워 보이는 그의 모습에도 휘는 묵묵히 입을 열었다.

"날 도와라."

미사여구도 없는 직접적인 말에 천마의 얼굴이 살짝 구겨지지만 곧 웃으며 고개를 흔든다.

"우리는 아무런 능력이 없어. 이곳을 벗어나는 것도 어렵다고. 게다가 힘이라면… 충분해 보이는데?"

"원하는 것을 주지."

"안됐지만, 그렇게 원하는 것이 없어서 말이다."

웃고 있지만 단호하게 거절하는 천마.

"천마신공."

"…"

휘의 한마디에 가면을 벗어 던지듯 그의 얼굴이 무표정해진다.

언제 웃었냐는 듯 그는 차가운 눈으로 휘를 바라보았다.

침묵 속에서 두 사람의 시선이 오가길 잠시.

"너… 누구냐?"

얼음장 같은 천마의 물음.

그 물음에 휘가 미소를 머금으며 답했다.

"장양휘. 넌 자격이 충분해 보이는군."

"자격? 자격이라고?"

몇 번이고 반복해 되묻던 그가 마침내 하늘을 보며 광소를 터트린다.

"크하하하! 감히 나 천마에게 자격이라고?!"

"몇 번이나 더 물어도 내 대답은 같다."

으드득!

"예전이었다면 그 목을 뽑았을 거다."

이를 악무는 그의 눈에서 살기가 미약하게 흐르지만 끝내 움직이진 않았다.

그것은 천마 역시 알고 있기 때문이다.

휘의 실력은 자신으로서 어찌 할 수 없는 경지에 있다는 것을.

이미 수하들을 통해 그 사실을 깨달았다.

그렇기에 말없이 이곳으로 안내한 것이다.

그 이면에는 자신들에게 해를 끼치지 않을 것이란 생각이 있기도 했지만, 그가 마음먹으면 모두를 죽일 수도 있기 때문이었다.

"돌아가라. 우리로선 네 제안을 받아들일 수 없으니."

당연한 판단이다.

무너졌다곤 하나 천마신교란 긍지까지 사라진 것은 아니었다. 신교를 다시 일으켜 세우기 위한 일념하나로 지금까지 무수한 노력을 해온 그들이다.

이제와 누군가의 밑에 들어갈 수는 없었다.

그것은 그들의 자존심이 용납지 않는 일이었다.

"오해가 있는 모양이군."

"오해?"

"난 내 밑으로 들어오라고 안했다."

"…그게 그 소리 아닌가?"

으드득.

자신을 놀리는 것 같은 말에 천마가 이를 갈며 자리에서 일어섰다. 더 이상 이야기 할 것이 없다는 얼굴.

그가 어떤 표정을 짓든 휘는 말을 이었다.

"네가 어떻게 움직이든 상관없어. 내 조건은 단 하나. 내가 요청 할 때 능력 것 움직여 주는 것. 그것 뿐."

서로를 바라만 보는 둘.

그때였다.

"늦었어요. 차를 드릴께…"

한 여인이 다급히 뛰어오며 말을 하다 만다.

그녀의 시선은 정확히 휘를 향해있다.

휘 역시 그녀의 얼굴을 확인하곤 자리를 박차고 일어섰
다.

"너…!"

"꺄아악!"

비명소리가 십만대산에 울려 퍼진다.

暗石
歸墨 9章

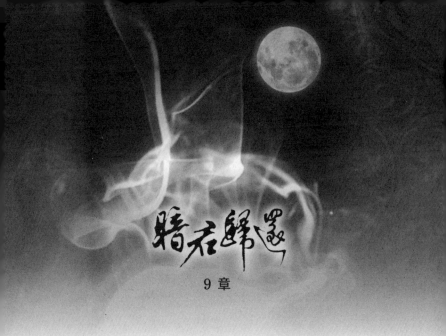

昏君歸還

9 章

"영아!"

쓰러지는 그녀를 향해 달려간 것은 천마였다.

땅에 떨어지기 전 재빠르게 그녀를 품에 안은 천마는 그녀의 호흡과 맥을 살피고선 안도의 한숨과 함께 밖을 향해 소리쳤다.

"마의에게 데려가라!"

"명!"

스스슥.

그의 명령이 떨어지기 무섭게 몇 사람이 모습을 드러내더니 그녀를 천마에게서 인계 받으려 했다.

그 순간.

"멈춰."

화악!

휘의 한마디와 함께 사방이 그의 기운에 잠식당한다.

숨도 제대로 쉬지 못할 만큼 강렬한 기운의 폭사에 천마의 시선이 휘를 향하고.

"어째서… 어째서 여기에 있는 것이지?"

"왜 막는 거냐?"

"이유를 말해!"

콰르르르!

휘의 몸에서 폭발적인 살기가 흘러나오며 천마를 휩쓴다.

그에 천마 역시 기운을 끌어올리며 대항하기 시작했다.

"데려가."

그녀를 내밀자 주춤거리며 받아드는 수하들.

그러자.

"멈추라고 했지!"

전광석화처럼 움직이는 휘의 주먹이 허공을 격하고 천마의 수하를 후려치는 그 순간, 천마의 주먹이 뒤늦게 움직였다.

떠덩! 떵-!

"큭!"

강렬한 충격에 이를 악무는 천마.

하지만 늦지 않게 휘의 공격을 막아선 그가 자리에서 일어서며 외쳤다.

"이게 무슨 짓이야!"

"너야 말로 무슨 짓이지? 난 물었다. 왜 여기에 있는 거냐고."

"그걸 내가 답할 필요가 있나? 너희는 빨리 마의에게 가라!"

"존명!"

고개를 숙이며 그들이 빠르게 움직이려는 순간.

휘가 외쳤다.

"막아라, 암영."

차가운 휘의 목소리가 울려 퍼지고.

스스슥, 슥.

츠츠츠.

기다렸다는 듯 어둠속에서 빠르게 모습을 드러내는 암영들.

그 숫자가 일백을 넘어가고 있었다.

갑작스레 나타난 것도 모자라 하나하나가 심상치 않은 기운을 내뿜음에 천마의 얼굴이 일그러진다.

하지만 아무리 무너졌다고 해도 천마신교는 천마신교였다.

비록 암영의 기척을 잡아내진 못했지만 그들의 등장에 즉각 반응하고 나선 것이다.

삐이익-!

파바밧!

팍!

다급한 호각과 함께 일련의 무인들이 빠른 속도로 모습을 드러내더니 암영들을 넓게 포위하고 나선 것이다.

서로가 흉흉한 기운을 뿜어내는 상황.

자칫 돌이킬 수 없는 일이 벌어질 수 있는 상황이지만 휘는 개의치 않았다.

아니, 그것을 따질 여력이 없었다.

"말해. 어떻게 여기에 있는 건지."

"이… 새끼가! 보고 있자니까!"

결국 먼저 폭발한 것은 천마였다.

후욱!

그가 작정하고 기운을 끌어올리자 검은 마기가 순식간에 사방으로 퍼지며 휘의 기운과 대항하기 시작한다.

"천마가 명한다! 지금부터 움직이는 놈들은 전부 적이다! 뒤를 생각할 필요 없다! 목을 베어라!"

"존명!"

쩌렁쩌렁-!

수백에 이르는 천마신교의 무인들이 내지르는 소리에 십만대산이 쩌렁쩌렁 울리지만 암영들의 얼굴엔 표정 변화하나 없다.

아니, 얼굴을 완벽하게 가린 검은 천 덕분에 미세한 움직임조차 보이질 않았다.

그렇게 신교 무인들이 기세를 올리고 있을 때.

휘가 차갑게 웃었다.

"준비는 끝났나? 말하지 않아도 상관없어. 난… 들어야 하겠으니까."

말과 함께 휘는 몸 깊은 곳에 잠자고 있던 기운을 폭발적으로 끌어올렸다.

세상에 나온 이후.

단 한 번도 전력을 다하지 않았던 그가 전력을 끌어올리자.

쿠구궁. 쿵!

휘를 중심으로 땅이 흔들리기 시작했다.

파동은 강하게, 널리 퍼지기 시작했고 얼마 지나지 않아 땅이 균열하기 시작한다.

쩌쩍! 쩍!

우웅! 웅!

어지러울 정도의 공명음이 사방에 울려 퍼지며… 세상을 검붉게 물들이기 시작한다.

천마의 검은 마기와 비교하기 어려울 정도로 막강한 힘을 자랑하며 순식간에 주변을 검붉은 색으로 물들여 버리는 휘의 기운.

"크윽!"

"컥!"

여기저기서 기운을 이기지 못한 자들이 쓰러지거나, 무릎 꿇는다.

폭발하듯 솟아오르는 힘은 손을 움직이는 것만으로 눈앞의 상대를 때려죽일 수 있을 것 같고, 당장이라도 몸을 움직이지 않으면 안 될 정도로 강한 힘이 외부로 발출된다.

제어하는 것이 아슬아슬 할 정도로.

일촉즉발의 상황.

그 상황에서 휘의 곁에 한 사람이 모습을 드러낸다.

"주군. 목적을 상기하셔야 합니다."

온 몸을 검은 천으로 꽁꽁 둘러 싸맨 사내.

백차강이다.

"…비켜라."

짜증이 머리끝까지 솟구쳤지만 휘는 이를 악물고 참았다. 하지만 백차강은 거기서 물러서지 않았다.

"놈들의 씨를 말리기 위해서라도 이들은 필요합니다. 주군께서 그러시지 않으셨습니까? 놈들의 턱 밑을 날카롭게 위협할 자들이 필요하다고. 주군. 참으셔야 합니다."

냉정한 백차강의 말.

그 말에 휘의 시선이 천천히.

아주 천천히 그를 향했다.

"차강."

"예."

"네 주인은 누구지?"

"주군이십니다."

"암영은 누구의 명을 받지?"

"주군이십니다."

"내가 누구냐?"

"…암군이십니다."

결국 고개를 숙이며 백차강이 본래의 자리로 향한다.

암영의 절대지배자는 암군이다.

암군의 명은 곧 목숨.

그것을 휘는 상기시킨 것이다.

때문에 백차강이 순순히 물러선 것이지만, 백차강으로서
도 후회나 미련은 없었다.

자신이 할 수 있는 한도 안에서 이야기를 했고, 그것을
받아들이고 말고는 전적으로 주인인 휘의 몫.

그리고 남는 것은 주인의 명령 뿐.

스윽.

다시 휘의 시선이 천마를 향한다.

그 순간 천마의 머리를 복잡하게 돌아가고 있었다.

'대체 왜 저렇게 흥분한 것이지? 아영과 관련이 되어 있
는 것인가?'

천마의 시선이 수하의 등에 업힌 아영을 향한다.

그녀는 본래 천마신교의 사람이 아니었다.

중원무림을 둘러보기 위해 움직였다가 우연히 죽어가는
그녀를 살렸고, 기억을 잃은 것이 안타까워 이곳에 데려왔
다.

그것이 벌써 몇 년 전의 일.

지금은 완벽하게 신교의 사람들과 어울리며 신교의 주민이 되었을 뿐만 아니라, 그 활발함과 착한 심성에 그의 마음은 그녀에게 빼앗긴 상태였다.

아직 고백하진 않았지만 주변 인물들은 어렴풋이 그의 마음을 눈치 채고 있을 정도.

'기억이 없는 그녀가 얼굴을 보고 기절을 할 정도라면 분명 좋은 기억은 아니었을 것이다. 게다가 놈이 내뿜는 기운 역시 보통이 아닌 바.'

"좋아하는 여자를 두고 물러서는 것보다 쪽팔리는 일은 없지."

중얼.

작게 중얼거린 천마가 허리를 폈다.

"내 입을 열고 싶으면 괜한 애들 괴롭히지 말고 네가 직접 열어봐."

자세를 낮추며 천마가 말하자 그렇지 않아도 굳어 있던 휘의 얼굴이 사납게 변한다.

'할 수 있다. 할 수 있다. 할 수 있다!'

끊임없이 할 수 있다, 를 외우고 또 외웠다.

완벽하지 않은 천마신공으론 그 힘의 한계가 있다. 그리고 그 한계로는 눈앞의 상대를 이길 수 없음을 그도 잘 알고 있었다.

그럼에도 물러서지 못한 것은.

좋아하는 여자 앞이기 때문이다.

"그래… 그게 좋겠지."

딱.

말과 함께 손가락을 튕기는 휘.

그 순간 그녀의 곁으로 몇 명의 암영들이 모습을 드러내더니 순식간에 그녀를 데리고 뒤로 몸을 피한다.

갑작스런 상황에 등에 업고 있던 천마의 수하들이 놀라지만 이미 상황은 끝난 뒤였다.

다행인 것은 그들이 조심스럽게 그녀를 대한다는 것.

그것을 확인한 천마가 수하들에게 명령했다.

"물러서."

"…죄송합니다."

고개를 숙이며 다른 이들과 합류하는 수하들을 뒤로 하고 천마는 호흡을 조절하며 자신이 할 수 있는 모든 내공을 끌어올렸다.

'상대는 강하다. 처음부터… 전력으로 간다!'

고오오-.

진한 마기가 그의 몸을 휘감으며 강한 힘을 발하고.

그와 반대로 휘의 검붉은 기운이 서서히 줄어들기 시작했다.

사방으로 그 기세를 뿜어내던 기운이 서서히 집약되며 휘의 몸 주변으로 몰리기 시작했다.

분명 기운의 영향은 벗어났다.

그런데.

덜덜덜-

덜썩.

여기저기서 몸을 떨며 주저앉는 신교 무인들이 속출하기 시작했다.

"괴, 괴물⋯."

누군가의 중얼거림에 천마는 이를 악물었다.

그 역시 느끼고 있었다.

힘을 거둬들인 것이 아니라, 저것은 힘을 압축하고 있는 것이었다.

단숨에 상대를 물어뜯기 위한.

으득!

입 안을 깨물자 아릿한 고통과 함께 피가 흘러나온다.

그 고통과 혈향에 떨리는 몸을 진정시킨 천마 역시 기운을 집약시키기 시작했다.

두 주먹 가득 몰려드는 검은 마기.

'할 수 있는 최고로 간다.'

그의 머릿속에 떠오르는 단 한수.

"핫!"

팍!

먼저 움직인 것은 천마였다.

단숨에 거리를 줄이고 나선 그가 강하게 발을 내딛으며 주먹을 휘두른다.

"천마일권."

단 한번.

단 한번 주먹을 내뻗는 천마일권.

제대로 된 정권을 몸에 익히기 위해 배우는 기초 중의 기초이지만 그 제대로 된 위력은 다른 천마신공을 넘어선다.

소림의 백보신권과 같은 우직한 주먹이 만들어낸 막강한 파괴력!

후욱!

쿠아아악!

일순 주변의 공기가 그의 주먹을 향해 빨려들었다가, 파괴적인 기운과 함께 휘를 향해 날아간다.

한 눈에 봐도 강대한 기운이 실린 주먹이다.

게다가 기교 없이 깨끗하고, 정직한 주먹.

화려한 검무도 피해내는 무림인들이 이런 단순한 주먹질을 피하지 못할 것이라 일반인들은 생각한다.

사실 딱히 틀린 말도 아니다.

어느 방향으로도 쉽게 피할 수 있으니까.

하지만.

그것이 제대로 된 주먹이라면 말이 달랐다.

제대로 된 주먹은 피할 수 없다, 라는 말이 있을 정도로, 심오하고 어렵다.

바로 지금처럼.

고오오-.

세상이 느리게 움직인다.

놈의 주먹이 옷깃이 움직이는 것이 한눈에 들어올 정도로 세상이 느리게 움직이지만 휘는 움직이지 않았다.

방금 전까지만 해도 화가 머리끝까지 치밀어 올랐었다.

헌데, 이 올곧은 주먹을 보니 거짓말처럼 제 정신이 들었다.

'좋은 주먹이다.'

휘도 인정할 정도로 좋은 주먹질이었다.

그 방향이 자신이라는 것만 뺀다면.

'영… 이라고 불렸던가? 이름이 바뀌었다면 뭔가 사연이 있는 것인가.'

머리가 아플 정도로 복잡하게 얽히지만 길게 생각할 시간은 없었다.

바로 코앞까지 그의 주먹이 날아들었으니까.

스륵.

휘의 두 손이 부드럽게 천마의 주먹과 팔을 감싸 쥔다.

뿐만 아니라 부드럽게 몸을 회전시키며 등을 천마의 가슴에 밀착시키는 순간.

그의 팔을 강하게 잡아당기며 등으로 가슴을 쳐올렸다.

떵!

"컥!"

비명과 함께 천마는 정신을 차릴 수 없었다.

눈 깜짝할 사이에 자신의 품으로 파고든다 싶더니, 세상이 거꾸로 돌았고 곧 강렬한 충격이 몸을 휩쓸었다.

이 모든 것이 눈을 깜빡거리는 것보다 더 빠른 시간에 벌어진 일이었다.

믿을 수 없다는 눈으로 자신을 바라보는 그를 향해 휘는 짧게 이야기했다.

"느려."

"…빌어먹을."

휘가 단숨에 천마를 제압하자 신교 무인들이 움찔하며 움직이려 들었지만, 그보다 먼저 암영들이 움직였다.

스스슥, 슥.

작은 기척을 내며 자리에서 사라져 버린 것이다.

마치 나타날 때처럼.

갑작스런 그들의 움직임에 당황할 틈도 없이 휘가 천마를 향해 손을 내밀었다.

"머리를 식혔으면 이야기를 좀 하지."

"…처음부터 뜨거워진 건 내가 아냐."

"그건 인정하지. 천천히 이야기를 해보자고. 저쪽도."

휘의 시선이 어느 새 화령의 품에 안긴 아영을 향했다가 천마를 향한다.

"이쪽도."

❖

　"아영?"

　"아무것도 기억을 못하니 임시로 지어 준 이름이었지. 그게 지금까지 이어질 줄은 전혀 몰랐지만."

　냉수를 단숨에 들이 킨 천마가 재차 말을 이었다.

　"솔직히 말해서 처음 아영을 발견했을 때는 이미 죽었을 것이라 생각했을 정도로 심각했었다. 겉으로는 큰 상처가 없었지만, 내가중수법에 당한 것인지 내부가 엉망이더군."

　"으음… 어떻게 살린 거지?"

　무공을 익히지 못한 그녀가 내가중수법에 당했다는 것만으로도 휘는 아영이 얼마나 큰 상처를 입었는지 파악 할 수 있었다.

　무공을 익힌 무림인들도 목숨을 빼앗길 수 있는 수법이 내가중수법인데, 그것을 무공도 익히지 않은 그녀가 받았다면… 사실상 사망선고나 마찬가지다.

　하지만 아영은 살아있었기에 휘의 관심이 절로 갈 수밖에 없었다.

　"본교의 무력이 처참할 정도로 내려앉은 것은 분명하지만 그렇다고 다른 것까지 한 번에 망한 것은 아니거든. 게다가 운이 좋았지, 그녀는. 당시 내 곁에 마의가 있었거든. 의술로만 따진다면 현 무림에서도 당당히 첫 번째로 꼽힐 실력을 지니고 있지."

"마의?"

"불렀으니 조금 있으면 볼 수 있을 거다. 그리고 당시 내 수중에 본교에서도 하나밖에 남지 않았던 천마신단(天魔神 丹)이 있었다는 것도 운이었지."

천마신단은 온갖 귀한 것들로 만들어진 영환으로 섭취하는 것만으로 몇 십 년에 이르는 내공을 얻을 수 있을 뿐만 아니라, 내상에 탁월한 효능을 가진 영약이었다.

약재도 약재이지만 천마신공을 8할 이상 익힌 자만이 만들 수 있기에 과거 신교 안에선 뛰어난 업적을 이룬 자에게 교주가 직접 내리는 물건일 정도로 귀한 것이었다.

애초에 그 수가 적었던 것도 있지만 천마신공의 일부가 실전되며 더 이상 천마신단을 만들 수 없었는데, 그 귀한 것을 그는 아영을 살리고자 사용한 것이다.

"그러고도 정신을 차리는 데, 일 년이나 걸렸지만… 그 결과는 미리 이야기했듯 기억상실. 아무것도 기억을 못해. 작은 한 가지도."

"아무것도 기억하지 못 한다…."

"그래. 처음엔 이런저런 문제도 많았지만 지금은 많이 안정되었을 뿐만 아니라, 본교의 사람들에게 많은 사랑을 받고 있는 중이지."

어딘지 모르게 어깨에 힘을 주어 말하는 그를 휘는 조용히 바라보았다.

"후… 괜찮겠지."

"그래서 이제 내가 할 수 있는 답은 다 한 것 같은데. 그쪽 대답을 들을 차례 아닌가?"

"그 전에… 너 이름은 뭐지?"

휘의 말에 천마가 움찔한다.

그러고 보니 휘의 이름은 들었는데, 천마 그의 이름은 말한 적이 없었다.

"…꼭 들어야 하나?"

"그럼 이름도 모르는 자와 대화가 될 것이라 생각하나?"

"천마. 그것이면 충분…."

"천마가 네 이름이진 않은가."

"……."

단호한 휘의 말에 천마의 얼굴이 일그러진다.

그러고도 한참을 끙끙대더니 결국 긴 한숨과 함께 입을 열었다.

"차…돌이다."

"뭐?"

"차. 돌."

단번에 못 알아들은 휘를 위해 친절히 한 글자씩 끊어 말해주는 그의 얼굴이 붉다.

"돌? 차돌?"

"…그래."

으득.

이를 악무는 천마, 아니 차돌을 보며 휘는 피식 웃었다.

딱히 이상한 이름도 아닌 데, 부끄러워하는 것이 꽤나 볼 만했던 것이다.

"뭐, 그걸로 됐고. 궁금한 게 뭐지?"

"…아영이와의 관계."

조용한 시선으로 휘는 차돌의 위, 아래를 훑었다.

살짝 긴장한 그의 얼굴을 보며 휘는 천천히 입을 열었다.

"동생이다."

"…뭐?"

"내 동생."

차돌의 얼굴이 창백해졌다.

❖

침상에 누운 동생을 보며 휘의 얼굴에 복잡한 감정이 스쳐지나간다.

"아영… 이라고 했나?"

조용히 중얼거려 보는 이름.

그녀가 천마신교에서 불리는 이름 아영.

하지만 그녀의 본명은 장연수.

"연수 네가 왜 여기에 있는 것인지…."

휘로선 도저히 이해 할 수 없는 일이 벌어졌다.

그녀가 자신의 앞에 나타난 것도 의외의 일이지만, 그녀가 이곳 천마신교에 있다는 것은 더욱 이상한 일이었다.

가족과 함께 있어야 할 그녀가 동떨어져 이곳에, 그것도 사선(死線)을 넘나들었다는 사실은 쉽게 받아들일 수 없는 일이었다.

물론 전생에서도 휘는 가족들을 보지 못했다.

하지만 어디선가 잘 살고 있을 것이라 믿었었다.

그랬는데.

으드득!

"네놈 짓이냐."

이를 갈며 한 사람의 얼굴을 떠올리는 휘.

그 얼굴이 마치 야차(夜叉)와 같다.

"이 일이 네놈과 관련 되어있다면…"

휘의 얼굴이 복잡해진 사이 그와 반대로 장연수의 얼굴은 평온했다.

그때.

"그… 러지마. 안 돼…."

그녀의 얼굴이 일그러지더니 혼잣말을 중얼거린다.

얼굴에선 연신 땀이 흐르고, 조금씩 몸부림을 치기 시작한다.

괴로운 꿈을 꾸는 듯.

"…불쌍한 녀석."

휘는 조용히 동생 장연수의 얼굴을 내려다본다.

자신이 기억하는 모습은 사라졌지만, 얼굴 곳곳에 그 흔적이 남아 잇다.

이번 생에서의 헤어짐만 십 몇 년.

전생과 합치면 수십 년은 족히 보지 못한 얼굴.

그럼에도 불구하고 단번에 알아 볼 수 있었던 것은, 그만큼 휘가 가족을 그리워했기 때문이었다.

"제발, 제발 그러지마. 살려줘… 살려줘, 오빠!"

"…!"

으드득!

쿠오오오!

이가 갈리는 소리와 함께 방안을 가득 메우는 검은 기운!

휘의 몸에서 폭발할 듯 솟아나온 기운은 그 끝을 모르고 사방에 퍼져나간다.

쿠쿵. 쿠구구구!

방이, 건물이 흔들리기 시작하고.

"이 개새끼야!"

거친 욕이 휘의 입에서 튀어나간다.

그 누군가를 향한 분노로.

暗黑君邀归 10章

醉春歸還

10 章

"미안하게 됐다."

"괘, 괜찮아! 이 따위 건물이야 다시 지으면 되는 거지! 그렇지 않아도 마음에 안 들어서 다시 지으려고 했거든! 잘됐네! 잘됐어! 아하하하!"

휘의 사과에 다급히 고개를 저으며 웃음을 터트리는 천마.

그 모습을 지켜보던 그의 수하들이 조용히 고개를 내저었다.

'지은 지 두 달 밖에 안 된 건물인데….'

'사랑에 눈멀면 바보가 된다더니.'

'…하아.'

그런 수하들의 속마음을 아는 지, 모르는 지 천마 차돌은 연신 휘의 눈치를 본다.

좀 과하다 싶을 정도로 말이다.

일이 이렇게 된 것은 얼마 되지 않았다.

휘의 분노로 인해 발산된 기운으로 인해 건물이 무너져 내린 것이다.

다행이 다친 사람은 없었지만 지은 지 얼마 되지 않는 건물이 폭삭 무너져 버렸으니, 지금 상황이 좋지 않은 천마신교로선 뼈아픈 손실이었다.

그것을 모르는 바는 아니지만 차돌이 휘의 눈치를 보는 이유는 단 하나.

아영, 아니 장연수의 오빠이기 때문이었다.

'잘 보여야 된다. 잘 보여야 돼. 아직 손도 안 잡아 봤는데, 이대로 보낼 수는 없지!'

어떻게든 아영을 이대로 떠나보낼 수 없다는 이유 하나만으로 그는 휘에게 살살 기고 있었다.

"그래도 이대로 넘어 갈 수는 없겠지. 차강아."

"예, 주군."

스스슥.

말이 끝나기 무섭게 휘의 뒤편에서 모습을 드러내는 백차강. 그 모습에 차돌이 움찔한다.

'읽어내지 못했다.'

일그러지는 얼굴을 억지로 붙들었다.

천마라는 이름을 가지고 있음에도 수하에 불과한 자의 기척을 잡아내지 못했다는 것은 그에게 큰 상처를 남겼지만, 상대의 상처가 어찌되었든 휘와 차강은 연신 이야기를 나눈다.

"이걸 가지고 가서 금 십만 냥을 찾아와라. 그리고 그쪽에 연락해서 만나자고 전해라."

"존명."

스스슥.

나타났을 때처럼 백차강은 조용히 사라졌다.

휘가 건넨 금패를 가지고서.

"일단 내가 부순 것이니 만큼 거기에 따른 보상은 하지. 남는 게 있다면 알아서 처리해도 좋아."

"너무 많은데?"

방금 전 대화를 들었기에 하는 소리다.

이 건물을 세우는데 들어간 돈은 금자로 쳐도 일만 냥을 넘지 않는다. 아니, 그것만 해도 과하게 잡은 것이었다.

"됐어. 그게 필요할 때가 올 거니까."

"으음…."

"그보다 연수는 어디로 옮겼지?"

"연수?"

"…아영이라고 했던가? 이곳에서의 이름."

"아! 아영, 아니 연수라면 저쪽 건물에서 돌보고 있는 중이야. 마의가 곧 깨어날 거라고 하더군."

뒤늦게 아영의 이름을 알아낸 천마는 연신 고개를 끄덕인다. 잊지 않으려는 듯.

그 모습을 보며 휘는 피식 웃으며 말했다.

"아영이라는 이름도 나쁘지 않겠지. 어차피 한 번 죽었다 살아난 목숨이니."

"그, 그래?"

얼굴에 화색을 띠는 천마를 보며 수하들이 다시 한 번 고개를 흔든다.

"그리고 부탁이 있다."

"부, 부탁?"

"괜찮다면 이곳에 아영이를 맡겼으면 한다. 마음 같아서는 데려가고 싶지만 그럴 수도 없는 처지라 말이지."

"무, 물론이지! 우하하하! 세상에서 제일 안전한 곳이라 생각하고 마음 탁! 하니 놓으라고! 우하하하!"

휘의 말에 입이 찢어져라 웃는 천마 차돌.

그 모습에 수하들의 얼굴에서 당장이라도 눈물이 떨어질 것 같지만, 아영을 데려가지 않겠다는 이야기에 다들 안도하고 있었다.

아영은 천마신교의 모두에게 사랑 받는 존재.

그런 존재가 사라진다는 것은 누구나 아쉬울 수밖에 없는 일이다.

"아! 한 가지 일러두는데."

"응? 뭐가?"

갑작스런 휘의 이야기에 차돌의 얼굴이 그를 향하고.

"내 동생 건드리는 놈은 죽여 버릴 거야."

그 말과 함께 더 없이 상쾌한 미소를 짓는 휘.

차돌의 몸이 굳었다.

❖

아영이 조용히 눈을 떴을 때.

사방이 어두웠다.

조용히 방을 밝히는 촛불 몇 개를 제외하면 사방 구분이 되지 않을 정도로.

부시럭.

"윽."

몸을 일으켜보려 하지만 고통만 전달 될 뿐 제대로 된 힘이 들어가질 않는다.

결국 일어서는 것을 포기한 아영은 조용히 머릿속을 정리했다.

'내가 왜 여기에⋯.'

고개를 돌려 불이 밝혀진 곳을 통해 유추 할 수 있는 것은 이곳이 만약에 들릴 손님들을 위한 전각이라는 것.

자신의 거처와 멀진 않지만 분명한 것은 자신의 방은 아니라는 것.

"아⋯!"

순간 떠오르는 기억들.

손님들이 왔다는 이야기에 차를 내가는 시비를 대신 해
자신이 갔었다.

그리고 그곳에서…

"으윽!"

지끈지끈.

머리가 깨질 듯 강렬한 고통이 덮쳐 오지만, 고통은 길지
않았다.

"그, 그 남자는…!"

어디서 힘이 난 것인지 벌떡 자리를 박차고 일어난 그녀
가 다급히 밖으로 뛰어나간다.

"일월신교라… 이거 복잡한 이름을 여기에서 듣게 됐
군."

휘의 이야기를 다 들은 차돌의 얼굴이 굳는다.

아니, 그 뿐만 아니라 함께 이야기를 들은 천마신교 무인
들의 얼굴이 하나 같이 심각했다.

당연한 이야기다.

일월신교와 천마신교는 결코 뗄 수 없는 존재였으니
까.

앙숙 중의 앙숙.

최대의 적.

여러 가지로 부를 수 있지만 결국 그것이 뜻하는 바는 하
나.

적(敵).

언제부터 시작된 것인지조차 알 수 없을 정도로 오랜 세월 두 세력은 첨예하게 날을 세우고 싸웠다.

확실한 것은 최선을 다하지 않고선 결코 이길 수 없는 상대라는 것인데…

"지금의 우리로선 놈들을 막을 방법이 없군."

으득.

씁쓸하지만 그것이 현실이었다.

굳이 일월신교가 아니라 당장 코앞의 곤륜파 조차 어찌할 수 없는 것이 바로 천마신교의 입장이었다.

그만큼 그들은 약해졌고, 모든 것을 잃어버린 상태였다.

"하다못해 천마비고만 멀쩡했더라면…."

이를 갈며 아쉬운 듯 중얼거리는 차돌.

천마비고는 천마신교의 모든 것이라 할 수 있을 정도로 수많은 보물들을 모아 놓은 곳이었다.

그 보물 중에는 당연하지만 신교의 각종 무공서들도 포함되어 있다.

이 천마비고는 전부 두 곳.

하나는 천마신교 내부에 존재하며 각종 보물을 비롯한 적당한 수준의 무공서들을 모아 놓은 곳이고, 또 하나는 오직 천마에게만 계승되는 진짜 천마비고였다.

이곳엔 각종 영약을 비롯해 천마신공과 같은 최상급의 무공비급이 잠들어 있다고 전해졌다.

문제는 전자의 경우엔 싸움 도중 소실되어버렸고, 후자의 경우엔 전대 천마에게 이어지지 않았다는 것이다.

　그만큼 신교 내부의 싸움이 치열했으며 천마의 죽음이 급작스러웠다는 증거다.

　"천마의 입으로 전해지지 않아도 만약을 대비해 비고의 위치를 찾을 수 있는 방법이 따로 전해져 내려 올 텐데?"

　"…그걸 어떻게? 쯧. 하긴 이제 와서 무슨…."

　잠시 놀란 듯 날을 세웠지만 곧 고개를 내젓는 차돌.

　자신들의 내막을 알고 있는 것이 의외이긴 했지만, 그 말처럼 이제 와서 그것을 따질 필요는 없었다.

　"없어. 그 방법도 없어졌거든."

　왜냐하면 그 방법 역시 사라졌기 때문이었다.

　천마비고를 찾을 수 있는 단서 자체가 완전히 어둠 속으로 사라져 버린 것이다.

　두 번 다시 찾을 수 없도록.

　차돌 역시 천마의 자리에 오른 뒤 부단히 노력하며 찾으려 했지만, 결국 찾지 못했다.

　"정말 완전히 사라진 건가?"

　"그래. 나 이전의 천마들도 찾으려고 부단히 노력했지만 결국 찾을 수 없었어. 십만대산 어디에서도 흔적을 발견하지 못했다. 솔직히 나도 처음에 찾으려다 포기하고 내 실력을 늘리는 쪽으로 집중하는 게 낫겠다 싶어서 수련에 힘쓴 거고."

벅벅.

머리를 긁으며 차돌은 마음에 들지 않는 듯 얼굴을 구겼다.

사실 천마비고를 찾지 못하고, 천마가 천마신공을 익힐 수 없으면서 천마신교는 몰락하기 시작했다.

강력한 힘으로 구심점이 되어야 할 천마가 힘을 잃음이니 구심점이 될 수 없었고, 결국 각자의 살길을 찾아 떠나버리게 된 것이다.

그렇게 사람의 숫자가 줄고, 무인의 숫자가 줄면서 지금의 천마신교가 만들어지게 되었다.

과거와 비교도 할 수 없을 정도로 나약해진 모습으로.

"그렇다면 천마비고만 찾을 수 있다면 강해질 수 있다는 것이로군."

"당연하지. 꿈만 같은 일이지만… 천마비고를 찾을 수 있다면 과거의 영화를 찾는 일은 그리 어렵지 않지."

"그래…."

휘가 본 차돌의 두 눈은 굳건했다.

어찌 보면 당연한 일이었다.

마도인들에게 있어 힘이 없다는 것은 죄가 되지만, 반대로 힘이 있다면 무엇이든 할 수 있다.

강자존의 법칙은 마도 전체에 흐르는 것이니 만큼, 천마가 다시 힘을 찾는다면 천마신교를 일으켜 세우는 것은 그리 어렵지 않은 일이 될 것이었다.

"그런데 그건 왜 물어봐? 힘 빠지게."

"천마비고가 어디에 있는 지 알려줄 용의가 있으니까."

벌떡!

휘의 말이 끝나기 무섭게 굳은 얼굴의 차돌이 자리를 박차고 일어섰고, 다른 신교 무인들 역시 일어선다.

하나 같이 경악한 얼굴로.

"앞서도 말했지만 날 돕는다면 말이야."

휘가 느긋한 얼굴로 웃었다.

"…거짓은 아니겠지?"

굳은 표정의 차돌이 휘를 바라보며 말을 한다.

그 눈빛에 담긴 살의와 욕망, 수많은 감정들이 뒤섞인 눈에 휘는 당연하다는 듯 고개를 끄덕였다.

"난 거짓말은 안 해."

"…좋아. 네 뜻에 따르지."

"교, 교주님!"

차돌의 대답에 당황한 수하들이 다급히 그를 말리려 들었지만 차돌이 먼저 나서서 수하들에게 소리쳤다.

"내 뜻이다! 천마비고의 회수는 설령 내 목숨을 내놓더라도 반드시 성공시켜야 하는 것! 내 의견에 반대하는 자, 나서라!"

우르릉―.

내공이 섞인 목소리가 사방에 퍼져나간다.

말이 끝나고 한 참을 기다렸지만 결국 한 사람도 나서지 않았다.

그 말처럼 천마비고를 찾을 수만 있다면 그것이 어떤 조건이든 들어주어야 했다.

그래야만.

천마신교의 영광을 되찾을 수 있으니까.

"뭘 그렇게 긴장해? 앞서도 말했지만 내가 필요로 할 때 몇 가지 도와주기만 하면 된다니까."

"그 일이라는 것이 상상을 초월할 정도로 어려운 일이겠지. 그렇지 않고서야 천마비고의 위치를 알려줄리 없으니까."

날카로운 차돌의 말에 휘는 어깨를 으쓱이는 것으로 답변을 대신했다.

딱히 틀린 말도 아니었고, 당장 뭐라 말을 한다 한들 믿을 리 없기 때문이다.

그렇게 이야기가 천천히 오가고 있을 때.

쾅!

요란하게 문을 열고 아영이 다급히 뛰어 들어온다.

너무나 갑작스런 일에 문을 지키고 섰던 무인의 얼굴에 당혹스러움이 고스란히 묻어 나왔다.

"믿지 마! 저 놈이 무슨 말을 하더라도!"

"저놈? 나?"

그녀가 휘를 가리키며 소리치자 휘 역시 손가락으로 자신을 가리킨다. 그러면서도 얼굴에 미미한 웃음이 떠오른다.

"왜, 왜 그래? 어디 아프진 않고?"

갑작스런 그녀의 등장에 당황해 하면서도 재빨리 그녀의 몸을 챙기는 차돌.

하지만 정작 그녀는 차돌의 걱정을 뒤로하고 소리쳤다.

"기억났어! 날 죽이려고 했던 사람!"

"뭐?"

깜짝 놀라는 차돌을 보며 그녀가 말했다.

"저 놈이야! 저 얼굴!"

"나?"

여전히 손가락으로 자신을 가리키며 웃는 휘.

"그래! 너! 이 살인자야!"

목이 터져라 외치는 그녀의 모습에 차돌의 시선이 빠르게 휘를 향했고.

그곳에서 휘는 웃고 있었다.

조용히.

"겨우 기억한다는 것이 이 얼굴인가?"

"발뺌하지 마! 내가, 내가 분명 기억하고 있으니까!"

부들부들.

그때의 기억이 떠오르는 것인지 몸을 더는 아영.

얼굴이 창백해졌으면서도 뒤로 물러서지 않는 것은 어딘지 모르게 휘를 닮아 있다.

-피는 못 속이는 것 같지?

-동생아, 입 좀 닥치렴.

어둠속에서 조용히 상황을 지켜보던 암영들.

그 중에서도 입이 근질거렸던 연태수가 전음으로 누나인 화령에게 말을 걸었지만, 가차 없는 독설에 조용히 입을 다물었다.

하지만 그것이 시작이었던 듯 그녀는 사마령에게 말을 걸었다.

-야, 변태.

-변태라닝! 그냥 취향이 좀 다른 것 뿐! 흥흥흥!

-지랄하네. 그게 변태지 새꺄!

-흥흥, 개인의 취향을 존중해야징. 안 그러면 주공께 이른다, 너?

-내가 잘못했다.

단숨에 사과하는 그녀의 얼굴이 일그러진다.

정작 사과를 받은 사마령은 만족스런 얼굴로 되물었다.

-그래서 무슨 일? 자기가 나한테 말 거는 일이 많지 않은데?

-저놈 마음에 안 들어. 아무리 아가씨의 말이라지만 주인님을 향해서 저런 눈빛을 보내다니. 야! 잡아먹어! 내가 허락해!

-…주공한테 말해야 하겠넹.

-이 미친! 너 죽어! 죽는다! 와! 사람이 참고만 있으니까 내가 가마니로 보여?! 앙! 이 개새끼! 덤벼!

결국 그녀의 입에서 거친 욕설이 터져 나오지만 익숙한 일인 듯 사마령은 흥흥 거리며 웃기만 할 뿐이다.

그렇게 그녀가 화내고 있을 때, 휘는 웃으며 자리에서 일어섰다.

"묻지. 정말… 이 얼굴인가?"

웃으며 말하는 휘.

하지만 그의 몸에선 감출 수 없는 분노가 새어나오고 있었다.

그것을 눈치 채지 못한 그녀가 당당하게 고개를 끄덕인다.

"맞아! 바로 너야!"

"그래, 확실해졌군."

의외로 고개를 끄덕이며 인정하는 휘의 모습에 오히려 아영이 주춤거렸고, 조용히 아영의 앞을 차돌이 막아선다.

"무슨 일이 있었는지 모르겠지만… 사실이냐?"

사실이라면 가만두지 않겠다는 듯 전투적인 눈으로 바라보며 묻는 차돌.

그 모습에 솟아오르던 분노도 가라앉는다.

덜썩.

자리에 앉으며 휘는 찻잔을 다시 들었다.

"내가 동생을 죽일 놈으로 보이냐?"

"…사람 속은 모르는 법."

"넌 평생 연수. 아니, 아영이의 속을 모를 거다."

"그건 또 무슨 소리야?"

후르륵.

차돌의 물음에 휘는 대답지 않고, 차를 마셨다.

그 평온한 모습에 긴장했던 차돌의 맥이 탁 풀려버릴 정도.

'생각해보면 내가 막아선다고 해서 해결이 될 것도 아니지. 막을 수가 없으니.'

뒤늦게 떠오른 생각에 입이 쓰지만 차돌은 고개를 저으며 아영의 손을 잡고 자신의 곁에 앉혔다.

여전히 안색이 좋진 않지만 아영은 차돌의 손길을 거부하지 않았다.

오히려 자리에 앉아서 휘의 얼굴을 더 자세히 살피며 연신 날카로운 기세를 뿜어낼 뿐.

제대로 된 무공하나 익히지 못한 여인이 내뿜는 기세라고 해봐야 별 것도 아니었지만, 휘는 마음 한 구석이 아파왔다.

"먼저 한 가지 말해두지. 널 해한 것은 내가 아니다."

"거짓…!"

"거짓말이라고 해도 좋아. 하지만 이건 사실이다. 난 널 해한 적이 없다. 오히려 널 마지막으로 본 것이 십년도 전의 일이지."

단호한 휘의 얼굴에서 거짓을 찾을 수 없었던 아영은 입술을 깨물었다.

"하지만 내가 기억하는 얼굴은 분명 당신이야."

"당연히 그렇겠지."

"하아?"

무슨 헛소리냐는 듯 휘를 바라보는 아영.

그 시선에 휘는 더 이상 말을 끌지 않았다.

"난 쌍둥이니까."

"뭐?!"

"아영이를 건드린 쪽은… 내 형. 장양운. 그 놈이지."

휘의 눈이 차갑게 가라앉는다.

한참의 시간이 지나고 나서야 그녀, 아영의 입이 열렸다.

"쌍… 둥이라고? 그 사실을 어떻게 믿지?"

"네가 지금 내 앞에 앉아 있다는 것. 그게… 진실이지."

"뭐?"

이해하지 못한 그녀의 되물음에 휘는 반대로 차돌을 보며 물었다.

"넌 널 죽이려고 한 놈하고 같이 앉을 수 있겠어?"

"미쳤냐?"

"바로 그거지. 설령 기억이 없어졌다고 해도 몸은 기억하는 법이거든. 만약 내가 놈이었다면 지금쯤 아영은 내 앞에 앉아있지도 못했을 걸?"

"그렇게 들으니… 또 그럴싸한데?"

고개를 끄덕이는 차돌.

차돌의 허벅지를 있는 힘 것 꼬집어 버린 아영이 차분히 입을 열었다.

옆에서 창백해진 얼굴로 눈물을 흘리는 차돌을 무시하며.

"믿을 수 없어. 당신이 쌍둥이라는 사실을 뭘 로 믿으라는 거지? 내가 기억하는 것은 단 하나. 날 죽이려 했던 사람이 당신이라는 것. 그것은 변하지 않는 진실이야."

단호하면서도 당당한 그녀의 말에 휘는 빙긋 웃었다.

동생의 모습이 자랑스러우면서도 아쉬웠다. 커가는 것을 보지 못했다는 것이.

"증거? 그런 것은 없어. 하지만… 네 기억은 믿을 수 있지. 내 이름은 장양휘. 천천히, 아주 천천히 떠올려봐라."

"헛소리는 다른데 가서 하시지?"

"뭐… 그렇다면 네 감각에 물어보던지. 형 보다는 날 따랐던 너니까, 본능적으로 구분을 해내는 것이 아닌가 싶은데 말이야."

"그건 또 무슨… 으윽!"

말을 하다 말고 머리를 부여잡는 아영.

머리가 깨질 것 같은 고통이 엄습하자 비명도 지르지 못한 그녀가 자리에 쓰러진다.

"아, 아영아!"

당황한 차돌이 벌떡 일어서며 그녀를 서둘러 등에 업곤, 마의가 있는 곳을 향해 몸을 날린다.

그 모습을 보면서도 휘는 움직이지 않았다.

방금 전까지 웃고 있던 얼굴은 어느 새 누구보다 차가워져 있었다.

"넌… 대체 무슨 생각인 거냐. 장양운."

휘의 눈앞을 스쳐지나가는 한 사람.

자신과 판박이인 사내.

쌍둥이 형 장양운이.

뿌드득!

"개새끼. 넌 내가 반드시 죽인다. 반드시."

두 눈에 강한 살의가 서린다.

❖

콰드득.

기묘한 소리와 함께 가슴을 파고드는 손.

두근, 두근.

손으로 전해지는 강렬한 맥동.

피를 온 몸으로 전달하기 위해 쉼 없이 뛰는 심장의 감촉이 손끝에 느껴지는 그 순간.

퍼직!

심장을 손에 쥐어뜯었다.

기묘한 감각과 함께 뭔가가 터져나가는 소리가 들리고.

부르르르!

추욱.

신체의 주인이 몸을 떨더니 곧 늘어진다.

촤악!

손을 뽑아내자 방금 전까지 힘차게 뛰었을 심장이 뭉개진 채 쥐어져 있고, 뜨거운 피가 흘러야 할 육체는 금세 식어간다.

덜썩.

몸을 지탱해주던 손이 사라지자 바닥에 쓰러지는 몸.

질겅질겅.

심장을 쥔 손을 입에 가져가더니 곧장 씹어 먹는 사내.

몇 번이고 씹고, 다시 씹어 남김없이 먹어치운 그.

"하… 부족해. 부족해! 부족해! 부족해! 부족해! 부족하다고!"

콰쾅! 쾅!

그의 발길질과 주먹질에 주변 모든 것이 굉음과 함께 부서져 나간다.

빛 한 점 들어오지 않는 암동에서 한참을 난리를 피운 그가 지쳤을 때쯤.

그그긍–.

머리 위가 시끄럽다 싶더니 작은 구멍이 열린다.

그곳 역시 어둡긴 마찬가지지만 이곳에 비할 수 없을 정도로 밝은 그곳을 본 사내가 거칠게 몸을 일으키는 그 순간.

덜썩!

구멍을 통해 무엇인가 묵직한 것이 떨어져 내렸고, 재빠르게 구멍이 닫힌다.

"흐… 흐흐흐!"

저벅저벅.

익숙한 듯 웃으며 떨어진 그것에 다가선 사내의 손이 하늘을 향하고.

콰직!

다시 한 번 가슴을 꿰뚫는다.

천장에서 떨어져 내렸던 것은 사람이었던 것이다.

익숙한 듯 같은 행위를 반복하는 그.

스윽.

천장 인근에서 작은 구멍이 열리며 사람의 눈이 나타난다.

제 아무리 눈이 좋은 사람이라도 찾지 못할 정도로 은밀한 두 눈.

-상태는?

전음으로 은밀하게 전해지는 명령에 상황을 살피던 그가 보고를 시작한다.

-여전합니다. 지금까지 238개의 심장을 먹어치웠고, 앞으로 한 달 안으로 300개를 채울 것으로 예상됩니다.

-그날 중원에 가서 대체 무슨 일이 있었는지 모르겠군. 저 독한 짓을 쉬지도 않고…

-당시 보고에 따르면…

-아아, 됐어. 다 알고서 하는 소리니까. 일단 300개 채우고 나면 당분간 아무것도 넣지 마. 물만 넣어주고, 열흘 정도면 다시 정신을 차릴 거다.

-본인은 400개를 채운다 했습니다만?

-위에서 온 명령이다.

-존명.

명령이라는 소리에 곧장 수긍하며 대답한 그는 조용히 구멍을 닫았다.

그그긍-

덜썩.

그리고.

또 하나의 재물이 암동에 떨어진다.

❖

다시 눈을 뜬 아영은 더 이상 아영이 아니었다.

기억을 다시 되찾은.

장연수가 되어 있었다.

"오빠."

휘의 품에 안겨 굵은 눈물을 뚝뚝 흘리는 그녀.

조용히 등을 토닥여주는 휘.

그 모습을 보며 뭔가 복잡한 얼굴을 취하고 있는 차돌.

훌쩍, 훌쩍.

겨우 눈물을 그친 그녀가 휘의 품에서 벗어난다.

"오빠는… 많이 변했네."

"그만큼 시간이 흘렀으니까."

"고생 많았지?"

"너만큼은 아냐."

웃으며 대답하는 휘를 보며 연수는 다시 한 번 눈물을 흘리지만 이전처럼 펑펑 울진 않았다.

금세 눈물을 닦은 그녀는 씩씩한 얼굴로 휘를 그리고 차돌을 보았다.

"저 사람들 좋은 사람들이야."

많은 것을 함축하고 있는 그녀의 말에 휘는 고개를 끄덕였다.

"나도 알아."

"큰오빠… 밉지?"

"그래. 너도 밉지?"

휘의 물음에 그녀는 조용히 고개를 끄덕인다.

"보면 내 손으로 때려주고 싶어."

"그래, 그게 네 성격이지. 걱정 하지 마. 어떻게 해서든 그 소원 지켜 줄 테니까."

"응."

환하게 웃으며 고개를 끄덕이는 그녀를 보며 휘는 조심스레 물었다.

"자… 이제 진정되었으면 이제까지 이야기를 들을 수 있을까?"

"…응."

마음을 가다듬은 장연수가 차근차근 입을 연다.

"오빠가 어느 날 사라지고 얼마 지나지 않아서 우리는 이사를 갔어. 이상한 것은 엄마도 아빠도 오빠를 찾지 않았다는 것. 아빠야 원래 술만 먹으면 어떻게 되든 좋은 사람이지만, 엄마는 뭔가 이상했어. 지금 생각하면… 마치 정신이 없는 사람 같기도 했고."

"이사는 누가 가자고 한 거야?"

"아빠가. 눈뜨면 술 먹으려고 사라졌었는데… 그날은 멀쩡한 상태로 움직이더라고. 어쨌거나 그렇게 무작정 마을을 떠났고, 한참을 움직였던 것 같아. 어디로 갔는지는 나도 모르겠고."

"…엄마는?"

"아빠가 먼저 죽었어. 그리고… 엄마가 죽었고, 다음이 나였어."

"그 새끼 짓이야?"

날카로운 휘의 물음에 연수는 고개를 저었다.

"아빠는 술병. 엄마는… 솔직히 잘 모르겠어. 그때는 아파서 죽은 거라고 생각했는데, 지금은 뭔가 다른 일이 있었던 것 같아. 자세한 건 나도 잘 모르겠고."

힘없이 말하는 연수의 머리를 쓰다듬은 휘는 그녀의 입이 열리길 조용히 기다렸다.

"엄마가 죽고 한 열흘 쯤? 그때 큰오빠가 날 데리고 갔어. 그리고 그날 난 큰오빠 손에 죽었어야 했지만… 뒤는 오빠도 아는 대로야."

"대체 원하는 게 뭘까?"

"몰라. 다만 분명한 것은… 마지막으로 날 쳤을 때."

말을 끊은 연수의 얼굴이 굳는다.

"큰오빠는 웃고 있었어."

"그래… 수고 많았다."

휘의 말에 연수는 고개를 흔든다.

그리고 잠시 차돌과 뒤편에 선 신교 무인들을 바라보다 물었다.

"이제 어떻게 할 생각이야? 나도 오빠를 따라 가야해?"

"아니. 마음 같아서는 데려가고 싶지만, 순탄치 않은 길이라 데려 갈 수가 없어. 그래서 너만 괜찮으면 이곳에 널 맡길까 싶다."

"난 괜찮아. 오히려 그편이 편하기도 하고. 오빠한테 걸림돌이 되기도 싫지만… 이젠 이곳이 마음에 들었는걸."

"그래. 그거면 됐다."

"그럼 이야기들 나눠. 난 쉴게."

자리에서 일어선 그녀는 곧장 다른 사람의 부축을 받으며 휴식을 취하러 가버렸다.

기억을 되찾는 과정에서 꽤나 많은 정신력을 쏟아서,

당장이라도 휴식을 취하고 싶었을 텐데… 그러지 않은 것
은 순전히 휘를 위해서였다.

그것을 알기에 휘 역시 순순히 그녀를 내보내곤 차돌과
마주 앉았다.

"이제 어떻게 할 생각이야?"

차돌의 물음에 휘는 작은 한숨과 함께 입을 연다.

"이전에도 이야기했지만 동생을 잘 부탁한다."

"그건 걱정 말고."

"우선… 지원을 해주마."

"지원?"

갑작스런 이야기에 고개를 갸웃거리는 차돌을 향해 휘는
쉬지 않고 입을 열었다.

"본래 천마신교의 보호를 받던 대막상인들과 연결을 해
주마. 그렇게 함으로서 어느 정도 자금줄을 확보 할 수 있
을 거다. 당장은 일방적인 도움에 불과하겠지만, 시간이 흐
르고 너희의 세력이 커지면 그땐 대막상인들을 도와줘야
할 거다. 거기까진 내가 책임지고 도와주마."

"뭐, 뭐?! 대막상인? 지금 대막상인이라고 했어?"

"일단 급한 대로 돈을… 지원할 필요는 없겠군. 우선 내
수하가 가지고 올 돈으로 당분간은 버틸 수 있을 거다. 그
틈에 천마비고를 확보하고 실력을 키우도록 해. 너희가 강
해져야 일월신교 놈들의 뒤통수를 칠 수도 있지만, 결과적
으로 내 동생을 지키는 일이 되겠지."

"아니, 내 이야기 좀…."

"될 수 있으면 최대한 믿을 수 있는 자들로 천마비고로 향할 인원을 짜도록 하고. 이곳에 남는 자들은 언제든 새로운 무공을 익힐 수 있도록 몸을 만들어 두는 것이 좋겠지. 제 아무리 뛰어난 무공이라 해도 익히는 자의 준비가 끝나지 않으면 삼류무공보다 못해지는 법이니까."

"그러니까, 내 이야기 좀 들으라고!"

쾅!

결국 참다못한 차돌이 책상을 내려치며 큰소리를 쳤고, 그제야 휘가 입을 다문다.

"네가 대막상인과 연줄이 있다고?"

"그래. 당분간 천마신교가 사용하는 자금에 대한 모든 걱정을 한 번에 날릴 수 있을 거다. 그렇지 않아도 책임자와 만나자고 했으니 함께 하면 될 것 같군."

"하…!"

너무나 쉽게 이야기하는 휘를 보며 차돌은 웃지 않을 수 없었다.

전대 천마들이 어떻게든 자금줄을 만들기 위해 인연이 있던 대막상인들과 접촉하려 했었지만, 번번이 무산되곤 했었다.

이제와선 그들과의 끈이 완전히 없어지기도 했기에 포기하고 있었고.

그랬었는데 의외의 곳에서 줄이 생긴 것이다.

그것도 튼튼한 황금줄이.

"궁금한 건 그게 단가?"

"그래. 이야기해서 뭐하겠냐. 어차피 네 뜻대로 하기로 했으니 일단 들어나 보자."

결국 두 손 두발 들어버린 차돌이 고개를 흔들며 앉았다.

계속 따져봐야 자신만 손해라는 것을 뒤늦게 깨달은 것이다.

"좋아. 이제 해야 하는 것은 하나."

"하나?"

"천마비고를 찾으러 가야지."

천마비고의 위치를 휘가 알고 있는 이유는 단 하나.

휘 본인이 직접 투입되었던 작전이었기 때문이다.

사실 천마비고 때문에 투입 되었다기 보다는, 다른 일 때문에 투입이 되었던 것이지만 우연치 않게 천마비고를 찾았던 것이다.

'그땐 그것도 모르고 넘겼었지만.'

처음 그곳을 발견했을 때는 휘도 그곳의 존재를 크게 신경 쓰지 않았다.

받은 명령을 해결하는 것에만 집중했기 때문이다.

뒤늦게 이곳이 천마비고라는 것을 깨달았지만, 그것은 이미 천마비고가 완전히 불타버리고 난 뒤였다.

뒤처리를 하느라 불을 질렀던 것이 그곳까지 모두 불태워버렸던 것이다.

'천마비고에 대해선 끝까지 놈들도 몰랐지. 나도 죽기 전에야 알았던 건데. 천마비고의 존재는 저들에게도 힘이 되겠지만 앞으로 무림의 판도를 뒤집고, 놈들의 뒤통수를 때릴 날카로운 칼이 되겠지.'

자신의 뒤를 따르고 있는 차돌과 신교 무인들을 보며 휘는 피식 웃었다.

사실 천마신교가 빠르게 성장해 일월신교를 위협하는 칼이 되어주었으면 하는 것은 어디까지나 휘의 바램.

실제로는 그곳의 문을 연다 해도 자신이 원하는 수준까지 이들이 성장할 것인지는 누구도 모르는 일이었다.

이전의 삶에선 허무하게 무너졌던 만큼 휘도 모르는 미래가 저들에게 펼쳐져 있는 것이다.

'그래도 해볼 건, 해봐야지.'

"헉, 헉! 조, 조금만 쉬었다가 가자!"

묵묵히 걷기만 하는 휘의 뒤편에서 차돌의 신음소리가 들려왔다.

그제야 뒤를 돌아보는 휘.

하나 같이 땀을 뻘뻘 흘리며 자리에 주저앉은 그들을 보며 휘가 혀를 찬다.

"뭐가 힘들다고 벌써 쉬어?"

"이 미친놈아! 쉬지도 않고 삼일을 걸었다! 그것도 내공을 사용하지 않고! 우리가 다 너 같은 괴물인 줄 아냐!"

버럭 소리를 지르는 차돌을 보며 휘는 결국 이곳에서

하루 쉬었다 가기로 결정했다.

그의 결정을 어찌나 반기는지 휘가 어색해질 지경.

타닥, 탁.

피어오르는 모닥불과 그 위로 가지고 온 육포를 올린다. 잘 구워진 육포를 뜯으며 차돌이 물었다.

"그런데 왜 천산이냐?"

천산(天山).

하늘에 그 봉우리가 닿았다 전해질 정도로 높은 산은 사시사철 눈과 빙하로 이루어진 혹독한 곳이었다.

어지간한 무인들조차 쉬이 접근하지 않을 정도로 위험한 곳이기도 했고.

아직까진 위험한 구간에 들지 않았지만, 이제 곧 위험한 곳에 발을 들이게 된다는 것은 이 자리에 있는 모두가 알고 있는 사실이었다.

차돌이 묻는 것은 이와 같은 맥락에서였다.

물론 이곳은 사람의 접근이 쉽지 않으니 천마비고가 있다 하더라도 이상할 것이 없다.

반대로 이곳에 들어오기 위해선 제 아무리 뛰어난 무인이라 하더라도 목숨을 걸어야 했다.

새로운 보물을 가져다 놓기 위해서라도 비고에 드나들 필요가 있는데, 이렇게 위험한 곳에 비고를 만들겠냐는 것이 그의 생각이었다.

"넌 천마라면서 이곳의 전설도 모르는 거냐?"

"전설? 천산과 관련되어 있는 전설이 어디 한 두 개
냐?"

입을 삐죽이는 차돌.

그의 말처럼 천산과 연관되어 있는 전설은 규모가 큰 것
만 살펴도 양 손으로도 부족할 만큼 많았다.

무림과 관련된 전설 역시 수도 없이 많았고.

"정말 모르는 거냐?"

"그러니까 뭐가?"

정말 아무것도 모르는 것 같은 그의 얼굴에 오히려 당황
한 것은 휘였다.

무림과 얽힌 천산의 전설들 중에서도 손에 꼽히는 것이
었고, 천마신교와 관련해선 결코 빼놓을 수 없다.

휘가 아는 한도 안에서 과거 이곳을 천마신교에선 성지
(聖地)라 부르며 경외했던 때도 있었다.

'내 정보가 잘못된 건가? 아니면 이놈이 모자란 거야?'

슬쩍 시선을 그의 뒤편으로 돌리자 이야기를 듣고 있던
신교 무인들도 처음 듣는 이야기라는 듯 귀를 쫑긋거리고
있었다.

"하나 묻자."

"뭐?"

"너 윗대의 사람들한테 이런저런 이야기 들은 거 없어?
신교의 전설이라던지 과거의 업적이라던지."

"음… 별 것 없지. 먹고 살기도 바빴으니까."

그 한마디에 휘는 왜 이들이 이곳에 대해 알지 못하는 것
인지 알 수 있었다.

전대에서 이어져야 할 이야기가 이어지지 않은 것이다.

이후엔 중원 무림에서 거의 활동을 하지 않았고, 활동을
했다 치더라도 조용히 둘러보는 정도에서 끝났었다.

다른 곳도 아니고 천마신교와 관련된 이야기는 묻지 않
는 이상 이야기를 하는 곳이 없었을 테니⋯

'그 결과가 이 꼴이겠지.'

"하아."

절로 한숨이 흘러나온다.

"모른다니 가르쳐 주지. 너희 천마신교의 신(神)은 누구
냐?"

"그야 천마지."

"너 말고."

"그러니까 천마. 정확히는 초대천마가 되려나?"

천마란 이름은 대대로 이어오는 것이기에 차돌의 대답이
틀린 것은 아니었다.

"쯧. 그래. 그 초대천마가 처음 세상에 모습을 드러낸 곳
이 이곳 천산이다. 오래전엔 너희 천마신교의 성지로 경외
받기도 했었지."

모두의 얼굴이 굳었다.

"빌어먹을 영감탱이. 이런 중요한 이야기는 해주고 죽었
어야지."

산을 오르는 내내 차돌의 입은 쉬지 않고, 세상에 없는 누군가를 욕했다.

그건 차돌뿐만이 아니었다.

뒤를 따르는 수하들 모두가 하나 같이 투덜대고 있었다.

자신들이 몸담고 있는 문파의 성지에 대해 모르고 있었다는 것이 어지간히도 부끄러웠던 모양.

"그렇게 부끄러워 할 필요 없어. 이어지지 않으면 잊히기 마련. 지금이라도 알았으니 후대에 이으면 되는 거다."

"젠장! 꼭 그렇게 할 거다!"

악을 쓰는 차돌을 보며 피식 웃은 휘가 저 멀리 보이는 빙하의 대지를 보며 말했다.

"이제 시작이야."

"빌어먹을! 이제 시작이면 내공을 써서 올라오면 좋았잖아! 힘도 덜 들고, 빠르고!"

항의하는 녀석을 향해 휘가 고개를 저었다.

"내공을 쓰면 여기 못 온다."

"뭐? 그건 또 무슨 소리야?"

"흠… 그렇지. 말로 해선 이해하기 어렵겠지. 거기, 너."

"예."

휘의 손짓에 일행의 막내가 재빨리 앞으로 나선다.

"내공을 일으켜서 여기서 똑바로 걸어봐. 삼장 정도만."

"예? 아, 예."

이해를 하지 못했던 그는 곧 휘의 말대로 내공을 일으켜 앞으로 걷기 시작했고, 몇 걸음 지나지 않아.

"어? 저놈 왜 저래?"

뒤에서 들려오는 소리에 멈춰선 뒤를 돌아본다.

"똑바로 걸었는데?"

놀라며 자신의 발자국을 본다.

그곳엔 천천히 한쪽으로 기울어진 자국이 가득했다.

분명 두 눈을 뜨고 앞으로 걸었음에도 불구하고 말이
다. 자신의 눈이 어떻게 되지 않은 이상 분명 똑바로 걸었
었다.

"진법(陳法)이다. 내공을 쓰는 자는 오르지 못하고 고생
만 하고, 다시 돌아가게 되어 있지. 또 다른 통로가 있는지
는 나도 몰라."

"넌… 이런 걸 어떻게 안거냐?"

멍하니 자신을 바라보며 묻는 차돌을 향해 휘는 웃었다.

"비밀이다."

"빌어먹을. 그 비밀이란 소리 좀 안하면 안되냐?"

"어쨌거나 각오해."

"또 뭐가?"

거칠게 반응하는 차돌을 뒤로하고 휘는 손가락으로 산
중턱을 가리킨다.

새하얀 눈이 한 가득 쌓인 곳.

얼마나 깊이 쌓였는지, 그 밑에 무엇이 있는지 알 수 없
는 그곳이 바로.

"천마비고는 저곳에 있으니까. 호흡이 안 맞으면 다 죽는 거야."

"다 같이 죽으면 외롭진 않겠네!"

툴툴 거리는 녀석을 향해 휘는 웃는 얼굴로 고개를 저었다.

"내가 왜 죽어."

"뭐?"

"위험하면 난 튀어야지. 난 굳이 천마비고가 필요 없어."

"하… 빌어먹을 새끼."

결국 차돌의 입에서 거친 욕설이 쏟아져 나왔다.

"그럼 가볼까?"

휘이잉-!

거칠고 차가운 천산의 바람이 일행을 감싼다.

〈2권에서 계속〉